Una Historia Hindú

Novela histórica de la antigua India

Rabindranath Tagore

CATEGORÍA: Novela

Impreso en los Estados Unidos de América

ISBN-13: 978-1-64081-063-1

Índice

Sobre esta obra

A Rabindranath Tagore se lo conocía como al poeta de la ternura y de los finos matices. Pero, ciertamente, como al novelista sagaz y observador, profundo analista de las costumbres de su India natal. Es lo que pone de relieve en "Una Historia Hindú", que esta editorial se complace en ofrecer al público en la seguridad de presentar una faceta casi desconocida de Tagore.

Este relato, breve y denso en su síntesis, nos acerca las modalidades del país milenario, el viejo problema de las castas y las luchas de la mujer por alcanzar su liberación. Todo ello contado con esos innumerables matices que distinguen al ilustre poeta. Son cuatro voces, cuatro almas las que dialogan a lo largo de esta historia plena de hallazgos y de riqueza espiritual junto a observaciones de innegable interés documental.

PRIMERA PARTE

El Tío

I

La primera vez que encontré a Satish me pareció que brillaba como una constelación desde sus ojos luminosos, sus dedos esbeltos como llamas, y su rostro radiante de ardiente juventud. Me sorprendió descubrir que la mayoría de los estudiantes, sus camaradas, lo detestaban sólo porque se parecía en primer lugar a sí mismo. La mejor protección para el hombre como para el insecto es aún la de adoptar el color de aquello que lo rodea.

Los estudiantes del hotel donde yo vivía habían adivinado fácilmente mi respeto por Satish. Eso los ofuscaba no sé cómo y no perdían ninguna oportunidad de hablar mal de él delante de mí. ¿Tenéis polvo en un ojo? Es mejor no frotarlo. ¿Las palabras os hieren? Es mejor no contestar.

Hasta que un día la calumnia contra Satish me pareció tan grosera que no pude callar. Pero la dificultad consistía en que yo ignoraba todo acerca de él. Apenas habíamos cambiado unas pocas palabras, en tanto que ciertos estudiantes eran sus vecinos próximos, y otros sus parientes lejanos. Estos afirmaban con seguridad la verdad de lo que anticipaban, y yo afirmaba con mayor seguridad aún que la cosa no era creíble. Entonces, todos mis comensales indignados prorrumpieron en exclamaciones contra mi impertinencia. Esa noche lloré de contrariedad.

Al día siguiente, entre dos cursos, mientras Satish leía tirado cuan largo era en el jardín del Colegio, me acerqué a él y sin preámbulos le tartamudeé mi agitación, apenas consciente de lo que le decía. Satish cerró el libro y me miró al rostro, ¡Quien no haya visto sus ojos no podrá imaginar su mirada!

—Los que me denigran —dijo— no lo hacen por amor de la verdad, sino porque les gusta pensar mal de mí. Así que es inútil querer probarles que la calumnia no es verdadera.

—Pero —protesté— ¿no es necesario que los mentirosos...?

—No son mentirosos —interrumpió Satish—. Yo tenía por vecino —continuó— a un pobre joven que sufría ataques de epilepsia. El invierno pasado le di una colcha. Mi criado vino a buscarme, furioso, y me dijo que la enfermedad de ese joven era fingida. Los estudiantes que me denigran se parecen a mi criado. Creen en lo que dicen. Quizá mi destino me ha otorgado una colcha de más, que ellos creen necesitar más que yo.

Arriesgué una pregunta:

—¿Es verdad que eres ateo, como dicen?

—Sí —contestó.

Tuve que bajar la cabeza. ¿No había yo afirmado con vehemencia la imposibilidad de que Satish fuera ateo? Desde el comienzo de mis breves relaciones con Satish había yo recibido dos choques bastante rudos. Lo había creído brahmán, pero resultó que pertenecía a una familia bania; y se suponía que yo despreciaba a todos los banias a causa de la sangre azul que corría por mis venas. En segundo lugar, tenía la arraigada convicción de que los ateos eran peores que asesinos, peores aún que los devoradores de bueyes. ¿Quién hubiera podido imaginar, ni en sueños, que habría yo de comer alguna vez en la misma mesa que un estudiante bania, o que mi celo fanático por el ateísmo llegaría a superar al de mi maestro? Y así fue, sin embargo.

Wilkins era nuestro profesor en la Universidad. Su ciencia era grande, y mediocre la opinión que tenía de sus alumnos. Consideraba servil la ocupación de enseñar literatura a estudiantes bengalíes. Por esa razón, aun en su clase sobre Shakespeare, nos daba por sinónimo de gato: "cuadrúpedo perteneciente a la especie de los felinos". Pero dispensaba a Satish de tomar esas notas. Le decía: "Le devolveré las horas perdidas en el curso cuando venga usted a mi casa".

Los otros estudiantes, menos favorecidos, atribuían esa parcialidad a la tez blanca de Satish y a su profesión de ateo. Los más dotados de prudencia mundana iban al gabinete de Wilkins y afectaban mucho entusiasmo, para pedirle luego algún libro sobre positivismo. Pero él se lo negaba, so pretexto de que esos libros superaban el alcance de su inteligencia. El saber que los juzgaba hasta incapaces de cultivar el ateísmo los exasperaba aún más contra Satish.

II

El tío de Satish era Jagamohan, un ateo notorio. No basta decir que Jagamohan no creía en Dios; antes creía en Nada de Dios.

En la marina de guerra la gran tarea de un capitán consiste más en hundir barcos que en dirigir bien el suyo. La gran tarea de Jagamohan era la de echar a pique el credo del Deísmo allí donde sacara la cabeza del agua.

Este era el orden de su argumentación:

"Si hay un Dios le debemos necesariamente nuestra inteligencia".

"Pero nuestra inteligencia nos dice claramente que no hay Dios".

"El mismo Dios, pues, nos dice que no hay Dios".

—Sin embargo —continuaba—, vosotros, hindúes, tenéis la desvergüenza de contradecir a Dios y afirmar que Él existe. A causa de ese pecado treinta y tres millones de dioses y diosas os tratan como lo merecéis, y os tiran de las orejas a causa de vuestra presunción.

Jagamohan se había casado muy niño. Antes de la muerte de su mujer había leído a Malthus. No volvió a casarse.

Su hermano menor, Harimohan, era el padre de Satish. Harimohan, por naturaleza, era exactamente opuesto a su hermano mayor, a tal punto que podría suponerse que lo inventó por necesidades del relato. Pero la ficción sola se halla siempre obligada a mantenerse en guardia para conservar la confianza de los lectores. Los hechos no son responsables, y se ríen de los incrédulos. Por eso, los ejemplos de dos hermanos tan poco parecidos como la mañana y la noche no hacen falta en este mundo.

Harimohan había sido muy enfermizo en su infancia. Sus padres se habían esforzado en preservarlo de toda clase de enfermedades detrás de una barricada de amuletos y encantamientos, del polvo de los santuarios venerados, y de bendiciones compradas a los brahamanes a precios enormes. Al crecer adquirió suficiente robustez, pero en su familia persistió la tradición de su escasa salud. Así que nadie reclamaba de él otra cosa que no fuera la de vivir. Y él llenaba todas las esperanzas con sumisión, aferrándose a la vida. Al mismo tiempo ostentaba su fragilidad superior a la del común de los mortales, y se las arreglaba de manera de absorber la atención exclusiva de su madre y de todas sus tías: le servían comidas preparadas especialmente, trabajaba menos y descansaba más que los otros miembros de la familia.

No se le permitía olvidar un solo instante que se hallaba no sólo bajo la protección particular de las susodichas madre y tías, sino también de la de los dioses y diosas que presidían las tres regiones de la tierra, los cielos y el firmamento. Así que terminó por adoptar una actitud de devota dependencia hacia todas las potencias del mundo, visibles e invisibles, desde los subinspectores de policía, los vecinos afortunados y los altos funcionarios, hasta las vacas sagradas y los brahamanes.

Las preocupaciones de Jagamohan seguían un curso completamente distinto. Se cuidaba de acercarse a los poderosos, por temor de que pudieran sospechar la menor adulación por parte de él. Sus rodillas eran demasiado rígidas para plegarse delante de quienes podía esperar algún favor.

Harimohan se hizo casar en tiempo formal, es decir, mucho antes de tiempo. Satish nació después de tres hermanos y tres hermanas. A todo el mundo le chocó su parecido con Jagamohan, y éste tomó posesión de él como si hubiera sido su propio hijo.

Al comienzo Harimohan se regocijó al pensar en las ventajas de ese arreglo para la educación de Satish, pues Jagamohan era considerado el erudito anglicista más famoso de la época. Vivía como en el interior de una concha de libros ingleses. Era fácil descubrir las habitaciones que ocupaba en la casa por las hileras de volúmenes acumulados a lo largo de las paredes, así como se reconoce el lecho de un torrente por el alineamiento de los guijarros.

Harimohan mimaba y halagaba a su hijo mayor con el corazón lleno de felicidad. Imaginaba que Purandar era demasiado delicado como para sobrevivir a la decepción si no se cedía a sus menores deseos.

La educación de Purandar, pues, fue descuidada. Lo casaron sin pérdida de tiempo; pero no bastó eso para retenerlo dentro de límites moderados. La nuera de Harimohan no dejaba de expresar con energía el descontento que le causaban las excursiones extraconyugales de su marido, pero Harimohan sólo se irritaba contra ella y atribuía a su falta de tacto y de encanto la conducta del esposo.

Jagamohan se encargó totalmente de Satish para ahorrarle esa solicitud paternal. Satish, niño aún, conocía a fondo la lengua inglesa, y las doctrinas inflamatorias de Mili y de Bentham le abrasaron tan bien el cerebro que se puso a arder como una antorcha viviente de ateísmo.

Jagamohan no trataba a Satish como pupilo, sino como camarada. Sostenía que la veneración es una superstición de la naturaleza humana cuya única finalidad es volver serviles a los hombres.

Un yerno de la familia le escribió un día una carta que comenzaba con la fórmula usual: A los pies graciosos de..., y Jagamohan le contestó e instruyó en estos términos:

"Mi querido Noren:

Ni usted ni yo sabemos la importancia especial atribuida a los pies, al tratarlos de graciosos. Por consecuencia, el epíteto es más que inútil, y es mejor renunciar a él. Además, arriesga usted causar un choque nervioso a su corresponsal al no dirigir la carta sino a sus pies, pretendiendo así ignorar totalmente a su poseedor.

Le ruego comprenda, por consiguiente, que mientras mis pies se hallen adheridos a mi cuerpo no debe usted disociarlos del conjunto. Además, recuerde que los pies humanos no tienen la ventaja de ser prensiles y que es un acto de pura locura ofrecerles algo, desdeñando así su función natural.

En fin, su empleo de la palabra pies en plural honorífico, en el lugar de la forma dual, indica quizá un respeto singular de su parte (porque siente usted una veneración particular por los animales de cuatro patas), pero considero un deber de mi parte desengañarlo de todo error acerca de mi identidad zoológica.

Muy suyo.

Jagamohan".

Jagamohan discutía con Satish los temas que las gentes bien educadas descartan generalmente de la conversación. Esa libertad de lenguaje con un niño era criticada, pero él respondía que se espanta a los zánganos destruyendo su nido, y que no se libera a ciertos temas de su carácter vergonzoso si no se destruye su envoltura de vergüenza.

III

Cuando Satish hubo terminado sus estudios en la Universidad, Harimohan hizo cuanto pudo para arrancarlo de la influencia de su tío. Pero una vez que el nudo corredizo se halla en torno del cuello el mejor modo de cerrarlo es tirar desde arriba. Harimohan concluyó por odiar tanto más a su hermano cuanto más recalcitrante se mostraba Satish. ¡Si el ateísmo de su hijo y de su hermano mayor se hubiera limitado a una cuestión privada Harimohan habría podido tolerarlo! Estaba dispuesto a dejar pasar platos de aves domésticas por curry de cabritos.[1] Pero ahora la situación era tan desesperada que hasta las mentiras eran incapaces de limpiar a los culpables.

La crisis sobrevino en la siguiente ocasión: El lado positivo del ateísmo de Jagamohan consistía en hacer bien a los demás. Ponía en ello un orgullo especial, porque hacer el bien, para un ateo, es pura pérdida, ya que no existe el incentivo de méritos por adquirir, así como para desviarlo del mal no existe el temor del castigo en el más allá. Si se le preguntaba qué interés tenía en preparar "la mayor felicidad del mayor número", respondía que su

---

[1] En Bengala, los hindúes ortodoxos pueden comer curry de cabrito, pero la carne de ave doméstica les está prohibida.

mejor estímulo era no poder esperar nada en cambio. Le decía a Satish:

—Baba,[2] somos ateos, y el orgullo de serlo debe conservarnos sin tacha. Puesto que no respetamos a nadie superior a nosotros, tanto más necesario aun es respetarnos a nosotros mismos.

En el vecindario había algunos negocios de mercaderes de cuero, musulmanes. Tío y sobrino invirtieron mucho celo y dinero en hacer bien a esos mercaderes intocables. Harimohan estaba fuera de sí. Sabedor de que ninguna invocación a las Escrituras o a la tradición causaría efecto sobre ambos renegados, se quejó a su hermano de que derrochara así su patrimonio.

—¡Cuando mis desembolsos —le respondió su hermano— asciendan al total de lo que gastas con tus brahmanes saciados, estaremos a mano!

Un día la gente de Harimohan se sorprendió al ver que se preparaba un festín al lado de los apartamientos habitados por Jagamohan. Los cocineros y mozos eran todos musulmanes. Harimohan hizo venir a su hijo y le dijo:

—¿He comprendido bien, y vas a darle un banquete a tus amigos venerados, los mercaderes de cuero?

Satish replicó que era demasiado pobre para pensar en nada parecido. Los había invitado su tío.

---

[2] Término afectivo. Literalmente: padre.

El hermano mayor de Satish, Purandar, se hallaba en el colmo de la indignación y amenazaba con arrojar a la calle a esos huéspedes.

Harimohan expresó sus amonestaciones a su hermano. Este respondió:

—Nunca hice objeciones cuando ofreciste sacrificios a los ídolos. ¿Las harás tú cuando ofrezco alimentos a mis dioses?

—¿A tus dioses? —exclamó Harimohan.

—¡Sí, mis dioses! —replicó su hermano.

—Te has vuelto repentinamente Deísta [3] —bromeó Harimohan.

—No —contestó su hermano—. Los Deístas adoran a un Dios que es invisible. Vosotros, idólatras, adoráis a dioses que son mudos y sordos. Los dioses a los cuales yo adoro pueden verse y oírse a la vez, y es imposible no creer en ellos.

—¿Quieres decir —exclamó Harimohan— que esos mercaderes de cuero son verdaderamente tus dioses?

—¡Claro que sí! —contestó Jagamohan—. Verás su potencia milagrosa una vez que haya puesto alimentos delante de ellos. Se los tragarán todos, y desafío a tus dioses a que lo hagan. Siento mi corazón lleno de regocijo al ver cómo cumplen mis dioses tan divinas maravillas. Y si no eres moralmente ciego, también tu corazón debe llenarse de regocijo.

---

[3] Quiere decir Monoteísta, es decir, el que no se conforma con las observancias de casta y ritual, y es considerado no-hindú por los ortodoxos.

Purandar vino a buscar a su tío, y juró, desde lo alto de su cabeza, que estaba dispuesto a los medios más extremos para evitar el escándalo. Jagamohan se burló de él.

—¡Intenta levantar la mano contra mis dioses, mono! ¡Descubrirás inmediatamente su fuerza! No tendré el trabajo de defenderlos.

Purandar era más cobarde aún que su padre. Se hacía el fanfarrón cuando estaba seguro de no encontrar resistencias. En el caso presente no pudo reunir el valor necesario para arriesgarle en una pelea con los vecinos musulmanes. Así que se fue a buscar a su hermano y descargó sobre él sus torrentes de furor. Satish lo contempló con sus ojos admirables, sin decir nada. El festín tuvo mucho éxito.

IV

Harimohan no pudo aceptar pasivamente ese insulto. Declaró la guerra. Los bienes con cuya renta subsistía la familia provenían de un templo. Harimohan promovió proceso contra su hermano y lo acusó de violar gravemente las conveniencias ortodoxas, lo que lo volvía indigno de beneficiarse por más tiempo de una fundación hindú. Harimohan hubiera encontrado sin esfuerzo todos los testigos que hubiese querido. Todo el vecindario hindú estaba dispuesto. Pero el mismo Jagamohan proclamó en pleno tribunal que no tenía fe ni en los dioses ni en los ídolos de ninguna clase, que todo alimento bueno para comer era para él un alimento comestible, que nunca se había devanado los sesos para descubrir de qué miembro particular de Brahma habían salido los musulmanes, y que en consecuencia no sentía la menor vacilación en comer junto con ellos.

El juez decretó que Jagamohan no tenía calidades para beneficiarse con los ingresos de un templo. Sus abogados le aseguraron que si apelaba, la sentencia sería revocada. Pero Jagamohan se negó. Dijo que no quería trampear, ni siquiera a los dioses, en los cuales no creía. Sólo podían tener conciencia de traicionarlos aquellos cuya inteligencia era capaz de creer en semejantes necedades.

Sus amigos le preguntaron: "¿Cómo vas a vivir?", y él les contestó:

—Cuando no me quede nada por llevarme a la boca, me contentaré con tragar mi último aliento.

En seguida se hizo la partición de la casa de familia. Se elevó una pared desde la planta baja hasta el último piso, que dividía a la casa en dos.

Harimohan tenía una gran fe en el prudente sentido común del egoísmo humano. Estaba convencido de que la vida fácil alejaría a Satish del nido vacío de Jagamohan. Pero Satish probó una vez más que no había heredado ni la conciencia de su padre, ni su sentido común. Se quedó con su tío. Jagamohan se había acostumbrado de tal manera a considerar que Satish era suyo, que le pareció muy natural que permaneciera a su lado después de la separación.

Pero Harimohan conocía el carácter de su hermano mayor. Se fue a explicar a las gentes, pues, que Jagamohan no se desprendía del hijo con el fin de lograr alguna cosa del padre, y que conservaba a Satish como una especie de rehén. Mientras expresaba sus quejas, Harimohan estaba a punto de llorar.

—¡Mi hermano se imagina, pues, que estoy dispuesto a dejarlo morir de hambre, ya que es capaz de combinar esa intriga diabólica contra mí! ¡Pero esperaré, y veremos quién de los dos se lo lleva!

Las insinuaciones de Harimohan, con la ayuda de algunos amigos comunes, llegaron a oídos de Jagamohan. Le sorprendió haber sido lo bastante ingenuo para no haber previsto la jugarreta que le hacía su hermano.

—¡Adiós, Satish! —dijo.

Satish estaba absolutamente seguro de que nada haría cambiar de opinión a Jagamohan. Así que debió irse, después de haber pasado los dieciocho años de su existencia en compañía de su tío. Cuando el coche que lo llevaba junto con sus libros y equipaje se hubo alejado, Jagamohan cerró la puerta de su habitación y se echó sobre el piso. Cayó la tarde; el viejo servidor vino a llamar a la puerta con la lámpara encendida, pero no recibió respuesta.

¡Ay, para la mayor dicha del mayor número! El número no es todo lo que cuenta en los asuntos humanos.

El hombre que gana uno puede superar toda aritmética, si el corazón hace el resto. Una vez que Satish hubo partido, se volvió infinito para Jagamohan.

Satish fue a compartir la habitación de un amigo estudiante. Harimohan derramó lágrimas, y meditó sobre el olvido de los deberes filiales en esta época abandonada de Dios. Harimohan tenía un corazón muy sensible.

Después de la división, Purandar consagró a los dioses de la familia una de las habitaciones del lado que le pertenecía. Le causaba un placer muy particular pensar que su tío lo maldecía día y noche, sin duda, por el ruido que hacían las caracolas sagradas y los gongs de oraciones.

Satish aceptó un puesto de preceptor para ganarse la vida. Jagamohan obtuvo un puesto de director en una escuela secundaria. Y desde entonces fue un deber religioso para Harimohan y Purandar convencer a padres y tutores que era preciso arrancar a sus niños de la influencia maligna del ateo Jagamohan.

Un día, después de un lapso bastante largo, Satish fue a ver a su tío. Ambos habían renunciado a la forma habitual de saludo entre los jóvenes y sus mayores.[4] Jagamohan abrazó a Satis, le ofreció una silla y le preguntó qué novedades habían ocurrido.

No escaseaban:

Una joven llamada Nonibala había buscado albergue con su madre viuda en casa del hermano de ésta. Mientras la madre vivió las cosas anduvieron sin tropiezo. Pero la madre acababa de morir, y su hija se quedaba sola con un primo que era un tunante. Uno de los amigos del primo se llevó a la joven, pero al cabo de cierto tiempo sospechó que era infiel y le hizo la vida intolerable. Todo esto ocurría en la casa vecina de la que tenía a Satish por preceptor. Satish deseaba salvar a la desdichada de esa situación deplorable. Pero no tenía ni dinero, ni hogar. Así que venía a casa de su tío. La joven esperaba un niño.

Mientras Satish hablaba, Jagamohan bullía de indignación. No era hombre que calculara fríamente las consecuencias de sus actos, y le dijo en el acto a su sobrino:

—Tengo la habitación en la cual guardo mis libros. Puedo alojar allí a esa joven.

—Pero, ¿y tus libros? —preguntó Satish, sorprendido.

Parece que quedaban pocos. Mientras buscaba un puesto, Jagamohan los había ido vendiendo para atender a sus necesidades.

---

[4] En Bengala, el más joven toca los pies del mayor, y éste le da su bendición.

Jagamohan dijo:

—Tráeme a esa muchacha.

—La he traído; espera abajo.

Jagamohan bajó la escalera corriendo, y encontró a Nonibala acurrucada en un rincón, envuelta en su sari, parecida a un paquete de ropa. Le deseó la bienvenida con su voz de bajo profundo.

—¡Vamos, madrecita![5] ¿Por qué te sientas en el polvo?

Nonibala se cubrió el rostro y rompió en sollozos.

Jagamohan no acostumbraba dejarse dominar por la emoción; pero tenía los ojos húmedos cuando se volvió a Satish y le dijo:

—El fardo que lleva esta pobre criatura es nuestro.

Después continuó, dirigiéndose a la joven:

—No seas tímida conmigo, madre. ¡Mis compañeros de aula me llamaban Jagamohan el loco, y sigo siendo la misma cabeza loca!

Tomó a Nonibala de ambas manos y la hizo levantar. Cayó el velo de la joven. Su rostro era fresco e infantil, sin trazas de durezas, ni vicio. La pureza íntima de su corazón no había sido mancillada; un grano de polvo no mancilla a una flor.

Jagamohan condujo a Noni a la habitación del piso alto y le habló en estos términos:

---

[5] Término que se emplea para dirigirse a la hija, o a quien ocupa su lugar.

—¡Mira el estado de mi pieza, madre! El piso no está barrido. Todo está en desorden; en cuanto a mí, no tengo hora para bañarme, ni para comer. Ahora que estás en mi casa todo se pondrá en orden, y hasta el loco Jagamohan se volverá razonable.

Hasta ese día Nonibala no había sentido nunca, ni siquiera en vida de su madre, cuánto podía ser una persona para otra: porque su madre la había considerado menos su hija que una joven a quien había que cuidar.

Jagamohan tomó una sirvienta para ayudar a Nonibala. Al comienzo, Noni temía que él se negara a recibir los alimentos de su mano, a causa de su impureza. Pero Jagamohan, por el contrario, se negaba a comer si la comida no había sido preparada y servida por su madrecita.

Sabía él que una gran ola de calumnias iría a romper contra su cabeza. Noni también lo sentía inevitable, y no conocía paz interior. La cosa ocurrió uno o dos días después. La criada había supuesto primero que Noni era la hija de Jagamohan. Pero luego le dirigió palabras hirientes y se negó a servirla, con desprecio. Noni palideció de espanto, pensando en Jagamohan.

—Madrecita mía —le dijo él—; se ha levantado la luna llena en el horizonte de mi vida, así que llega la hora de la alta marea de insultos; pero, por fangosa que se vuelva el agua, no enturbiará jamás mi claro de luna.

Una tía de Jagamohan, que venía de los departamentos de Harimohan, murmuró:

—¡Qué vergüenza, Jagamohan, qué vergüenza! ¡Borra de tu casa esa muchacha de pecado!

A lo que respondió Jagamohan:

—Sois gentes piadosas, y ese sentimiento es digno de vosotros. Pero, si arrojo de mi casa a todo lo que queda del pecado, ¿qué será de la pecadora?

Vino a verlo una vieja abuela, y le dio este consejo:

—¡Envía a esa ramera al hospital! Harimohan está dispuesto a pagar todos los gastos.

—¡Pero es mi madre! —replicó Jagamohan-. ¿Porque otro está dispuesto a pagar los gastos debo despedir a mi madre y no ocuparme yo mismo de ella?

La abuela abrió los ojos desmesuradamente.

—¿A quién llamas madre? —preguntó, sorprendida.

Jagamohan replicó:

—A la que nutre la vida en su seno y arriesga su vida para dar a luz. No puedo llamar padre al otro padre del niño. Sólo sirve para causar tormentos, y refugiarse.

Todo el ser de Harimohan se contrajo de horror ante esta infamia abominable. ¡Pensar que una mujer caída había sido recogida del otro lado de la muralla! ¡En una casa consagrada a la memoria de generaciones de madres y abuelas! ¡La vergüenza era intolerable! Había supuesto en el acto que Satish participaba del asunto, y que el tío lo estimulaba en su conducta criminal. Estaba tan seguro que lo decía en todas partes. Jagamohan no dijo una sola palabra para contradecirlo.

—El único paraíso que nos espera por haber procedido bien —decía— es la calumnia.

Cuanto más deformaba sus actos el rumor público, más parecía regocijarse, y su risa se escuchaba muy alta bajo la bóveda de los cielos. ¡Harimohan y la gente respetable de su clase podían imaginar que el tío se permitía bromear libremente acerca de un asunto como ése y entregarse a bufonerías inconvenientes con su propio sobrino!

Aunque Purandar había evitado hasta entonces, con mucho cuidado, la parte de la casa que habitaba su tío, juró que no se daría tregua hasta no haber echado a la joven de su refugio.

V

Cuando llegaba la hora de ir a la escuela, Jagamohan cerraba toda entrada que conducía a su departamento, y cuando tenía tiempo libre volvía para saber de Noni.

Una tarde, con ayuda de una escala de bambú, Purandar traspuso la separación del parapeto sobre el techo en terraza y saltó hacia la casa de Jagamohan, que quedaba del otro lado. Nonibala descansaba después del almuerzo. La puerta de su habitación estaba abierta. Cuando Purandar descendió de la terraza y vio la silueta de la durmiente se estremeció violentamente y exclamó:

—¿Cómo? ¿Eres tú?

Noni despertó y vio a Purandar delante de ella. Palideció como la muerte, sus miembros se volvieron rígidos, y fue incapaz de levantarse o de articular una palabra.

Purandar, temblando de rabia, le volvió a gritar:

—¡Noni!

En ese momento entraba Jagamohan, que venía de los fondos.

—Sal de esta casa —le ordenó a Purandar.

Éste se erizó como un gato furioso. Jagamohan reiteró su orden:

—¡Si no te retiras ahora mismo llamo a la policía!

Purandar lanzó una mirada terrible a Noni, y se fue. Noni se desvaneció.

Jagamohan comprendió entonces toda la situación. Interrogó y supo que Satish estaba enterado de que Noni había sido seducida por Purandar, pero que lo había ocultado a su tío, temeroso de una explosión de cólera por parte de éste.

Durante los días siguientes Noni no dejó de temblar como una hoja de bambú. Dio a luz un niño muerto.

Purandar había echado a Noni a puntapiés de su casa, en medio de la noche, en un acceso de celos. Desde entonces la había buscado en vano. Cuando volvió a encontrarla repentinamente en casa de su tío fue presa de una desesperada crisis de celos. Estaba seguro de que Satish se la había quitado para reservarla para sus propios placeres, y que la había instalado en esa casa para insultarlo. ¡Era más de lo que poda soportar un mortal!

Harimohan se enteró de todo. A decir verdad, Purandar no se cuidaba de ocultar sus movimientos, porque el padre consideraba las aberraciones morales de su hijo con una benevolencia muy indulgente. Pero le parecía contrario a todas las nociones de conveniencia el que Satish le hubiera soplado esa muchacha a Purandar, su hermano mayor, que se había dignado mirarla. Y deseaba sinceramente que Purandar lograra reconquistar su presa.

Había llegado la época de vacaciones de Navidad. Jagamohan cuidaba día y noche a la pobre mujer. Una noche en que le traducía en voz alta una novela de Walter Scott, Purandar irrumpió en la habitación en compañía de otro joven.

Jagamohan repitió su amenaza de llamar a la policía, pero el joven dijo que era el primo de Noni y que venía a buscarla.

Jagamohan tomó a Purandar del cuello y lo empujó hacia afuera, y luego se volvió hacia el otro y le gritó:

—¡Bandido! ¡Afirma usted sus derechos de primazgo para arruinar la vida de esta desdichada, no para protegerla!

El joven salió precipitadamente. Pero, ya a distancia respetuosa, juró que se dirigiría a la justicia para retirar a su pupila.

"Oh, Tierra, ábrete y ocúltame en tus entrañas",[6] rogaba Noni.

Jagamohan llamó a Satish para decirle:

—Salgamos de aquí y vayamos a alguna ciudad del norte con Noni. Si esto vuelve a empezar se muere.

Satish le observó que su hermano lo seguiría apenas descubriera la menor pista.

—¿Qué propones tú? —preguntó Jagamohan.

—Casarme con Noni.

---

[6] Invocación de Sita, en el colmo de sus desgracias, en el Ramayana

—¡Casarte con Noni!

—Sí, de acuerdo a los ritos del matrimonio civil.

Jagamohan se levantó, se acercó a Satish y lo estrechó contra su corazón.

Después de la partición de la casa, Harimohan no había ido ni una sola vez a la de su hermano. Pero ese día entró con los cabellos en desorden, y le gritó:

—Dada,[7] ¿qué desastre estáis conspirando?

—Salvamos del desastre a todo el mundo —replicó Jagamohan.

—Satish es un hijo para ti —suplicó Harimohan—. ¡Y sin embargo tienes corazón para permitir que se case con esa hija de la calle!

—Sí —repuso Jagamohan—. Lo he educado como a mi propio hijo, y considero que mis trabajos han dado su fruto.

—Dada —dijo Harimohan—, reconozco humildemente que me has vencido. Estoy dispuesto a cederte por escrito la mitad de mis bienes, si consientes en no vengarte así de mí.

Jagamohan saltó de su asiento, rugiendo:

—¡Vienes a tentarme, a ofrecerme tus sucias sobras, como le tirarías un hueso a un perro! ¡No olvides que soy ateo! ¡No soy un hombre piadoso como tú! ¡No busco venganza, ni reclamo favores!

---

[7] Hermano mayor.

Harimohan se dirigió apresuradamente hacia su hijo, y le gritó:

—¿Qué vas a hacer, Satish? ¿No puedes pensar en otro modo de perderte? ¿Estás resuelto a hundir a toda la familia en esta infamia abominable?

Satish respondió con calma:

—No tengo ningún deseo especial de casarme. Lo hago para salvar a la familia de una infamia abominable.

—Me parece que no te queda la menor chispa de conciencia. Esa ramera, que es casi la esposa de tu hermano...

Satish lo interrumpió con vivacidad.

—¿Su esposa? ¡No ensucie usted ese nombre, señor! ¡Le ruego que no ensucie ese nombre, señor!

Después de lo cual Harimohan lo cubrió de locas injurias, y Satish permaneció silencioso.

Harimohan estaba turbado, sobre todo porque Purandar anunciaba a todo el mundo su intención de suicidarse si Satish se casaba con Noni.

En cuanto a la mujer de Purandar, se contentaba con presentarle sus cumplidos y asegurarle que ésa sería la mejor solución a un problema difícil, a condición de que pudiera encontrar el valor necesario para ponerla en práctica.

VI

Satish había tenido cuidado de conservarse hasta entonces a distancia de Noni. Pero cuando se decidió su unión, Jagamohan sugirió la necesidad de que los jóvenes se conocieran mejor antes de anudar los lazos del matrimonio. Satish consintió.

Jagamohan fijó un día para la primera conversación. Le dijo a Noni:

—Noni, madrecita mía, hay que adornarte para esa ocasión.

Noni bajó los ojos, vacilante. —Sí, sí —decía él, insistiendo—. Tengo un gran deseo de verte lindamente vestida, Noni; en verdad, tienes que satisfacerme.

Había elegido para ella un sari de seda de Benares, con una faja y un velo análogos. Se los tendió. Noni se prosternó a sus pies, en señal de aceptación. Jagamohan se levantó precipitadamente, retiró sus pies con vivacidad del abrazo de Noni, y protestó:

—Noni, temo haber fracasado miserablemente en mis esfuerzos por purificar tu espíritu de todo respeto supersticioso. Es posible que yo sea tu mayor por la edad. Pero ¿no sabes que eres superior a mí, puesto que eres mi madre?

Entonces la besó en la frente, y le dijo: —Estoy invitado a comer y volveré tarde, sin duda.

Noni le estrechó las manos.—Baba, esta noche quiero tu bendición.

Fue todo lo que dijo.

—Madre —replicó Jagamohan—, veo que estás decidida a hacer de mí un creyente en mis viejos días. Si por mí fuera, no daría ni una piecita de cobre de bendición. Y, sin embargo, no puedo impedirme el bendecirte todas las veces que te miro.

Le puso la mano sobre el mentón, le levantó el rostro y la contempló en silencio, mientras las lágrimas corrían por las mejillas de Noni.

Esa noche un hombre corrió a buscarlo allí donde comía. De vuelta en su casa encontró el cadáver de Noni extendido sobre el lecho, vestido con la ropa que le había dado; y en la mano tenía una carta.

Satish estaba de pie en la cabecera. Jagamohan abrió la carta y leyó:

"¡Perdóname, Baba! No puedo hacer lo que quieres. Lo he intentado con todas mis fuerzas, por amor hacia ti, pero no podría olvidarte jamás...

Saludo mil veces tus graciosos pies.

Nonibala, la pecadora".

SEGUNDA PARTE

Satish

I

Las últimas palabras de Jagamohan, el ateo, a su sobrino Satish fueron éstas:

—Si te dan ganas de hacer una ceremonia fúnebre no la derroches conmigo. Resérvala para tu padre.

He aquí cómo murió:

Cuando estalló la peste en Calcuta, los pobres habitantes tuvieron menos miedo de la epidemia que del personal sanitario. El padre de Satish estaba convencido de que sus vecinos musulmanes, los mercaderes de cuero, intocables, serían los primeros en atrapar la enfermedad, y que por lo tanto lo contagiarían a él, a sus parientes y conocidos, arrastrándolos con ellos a un fin común. Antes de partir lejos fue a la otra mitad de la casa para ofrecer un refugio a su hermano mayor, y decirle:

—He tomado una residencia en Kalpa, sobre el río; si tú...

—¡Absurdo! —interrumpió Jagamohan—. ¿Cómo puedo abandonar a esta gente?

—¿Qué gente?

—¡Los mercaderes de cueros!

Harimohan hizo una mueca y dejó a su hermano, sin hablar más. Se dirigió inmediatamente al alojamiento de su hijo y se limitó a decirle:

—¡Vamos, ven!

La negativa de Satish fue igualmente lacónica.

—Tengo que quedarme a cumplir un deber.

—Llevar duelo por los mercaderes de cueros, sin duda.

—Sí, señor. Al menos, si necesitan mis servicios...

—¡Sí, señor, en verdad! ¡Tunante, bandido, ateo! ¡Si fuera necesario estarías dispuesto a condenar a todas las generaciones de tus antepasados! ¡No tengo ninguna duda!

Convencido de que la Kali Yuga[8] había tocado fondo, Harimohan se volvió a su casa, desesperado por la salvación de sus prójimos. A fin de ponerse al abrigo del contagio llenó con el

---

[8] Según la Escritura Hindú, la época actual Kali-Yuga es la edad de las tinieblas, en la cual Dharma (la civilización) se encuentra en su nivel más bajo.

nombre de Kali, la diosa protectora, y con su escritura más hermosa, hojas y hojas de papel escolar.

Harimohan dejó Calcuta. La peste y los funcionarios encargados de las medidas preventivas hicieron su aparición en la localidad en tiempo normal; y por temor de ser arrastrados al hospital de los apestados, las miserables víctimas no se atrevían a llamar médicos en su ayuda. Después de visitar uno de esos hospitales, Jagamohan sacudió la cabeza, diciendo:

—El que esta gente se haya enfermado no es motivo para que los traten como si fueran criminales.

Hizo tanto y tan bien que consiguió permiso para emplear su propia casa como hospital de apestados. Algunos estudiantes, yo entre ellos, se ofrecieron para ayudar a Satish a curar enfermos. Entre nosotros había un doctor en regla.

El primer paciente de nuestro hospital fue un musulmán. Murió. El siguiente fue el mismo Jagamohan. Tampoco sobrevivió. Le dijo a Satish:

—Satish, la religión que he practicado toda mi vida me ha dado su última recompensa. No tengo de qué quejarme.

En vida de su tío, Satish no había "tomado nunca el polvo de sus pies".[9] Una vez que su tío hubo muerto le rindió ese homenaje por primera y última vez.

—¡Esa es la muerte que conviene a un ateo! —se burló Harimohan cuando se encontró con Satish, después de la cremación.

---

[9] Se dice "tomar el polvo de sus pies" al hecho de tocar los pies de aquél a quien se respeta, o que es mayor. Es la manera ceremoniosa de rendir homenaje.

—¡En efecto, señor! —asintió Satish, orgullosamente.

II

Cuando la llama se extingue, toda luz se desvanece repentinamente. Así ocurrió con Satish después de la muerte de Jagamohan. Desapareció totalmente de nuestra vista. Nunca habíamos podido sondear la profundidad del cariño que Satish sentía por su tío. Para él, Jagamohan era a la vez padre, amigo... e hijo, se puede agregar, porque el anciano mostraba tal indiferencia por lo que le concernía personalmente, un tal olvido de sus intereses materiales, que una de las principales preocupaciones de Satish había sido ocuparse de él y preservarlo de una catástrofe. Satish, pues, había recibido todo de su tío, y se lo había dado todo.

No podíamos concebir la desolación de esa pérdida para Satish. Él se debatía contra la angustia de la negación, se resistía a creer que fuera posible una nada tan absoluta, que existiese un vacío lo bastante desierto como para carecer aún de verdad. ¿Si el Sí no era uno de los aspectos de lo que parecía un vasto No, no huiría el universo entero por la brecha abierta, para desaparecer en la Nada?

Satish llevaba una vida errante. Ya no estábamos en contacto con él, y nos sumergimos llenos de celo en la tarea que nos habíamos impuesto. Nuestro gran cuidado era agredir a quienes profesaban una creencia cualquiera, y el campo de buenas acciones que habíamos elegido fue tal que no quedó un alma buena que no dijera una buena palabra en nuestro favor. Satish había sido nuestra flor. Cuando ésta se desprendió, nosotros, las espinas, salimos de nuestra vaina y nos llenamos de gloria con nuestras asperezas.

III

Dos años habían transcurrido desde que perdiéramos de vista a Satish. Repugnaba a mi espíritu el menor mal pensamiento respecto de él; sin embargo, no podía impedirme temer que el choque lo hubiera hecho caer del alto diapasón en el cual se hallaba generalmente instalado.

El tío Jagamohan había dicho un día, hablando de un sannyast: "Así como el cambista de moneda hace tintinear cada pieza para ponerla a prueba, así el mundo prueba a cada uno de los hombres por la resistencia que opone a la manía de la salvación barata. Las que no suenan bien quedan de lado, sin valor. Así han sido desechados los ascetas errantes, incapaces de participar del comercio del mundo; ¡y sin embargo se jactan y pavonean de haber sido ellos quienes han renunciado al mundo! A quienes valen algo no se les permite encontrar el menor resquicio por donde escapar del deber. Sólo las hojas muertas caen del árbol".

¿Sería posible que precisamente Satish se hubiera reunido con las hojas caídas y con los sin valor? ¿Estaba él destinado a dejar sobre la negra piedra de toque del duelo una señal de falsa ley? En tanto nos asaltaban esos temores, nos enteramos de que Satish (¡nuestro Satish!) hacía retumbar los cielos con el ruido de sus timbales en alguna aldea perdida, y que cantaba kirtans frenéticos,[10] como discípulo de Lilananda Swami, el apóstol del despertar religioso Vaishnava.

Cuando conocí a Satish por primera vez encontré incomprensible que fuera ateo. Me fue igualmente imposible concebir cómo Lilananda Swami había logrado hacerlo entrar en la danza de sus kirtans.

Y nosotros ¿cómo nos atreveríamos a mostrarnos ahora? ¡Qué de risas en el campo enemigo, cuyo número era legión a causa de nuestra locura! Nuestro grupo sintió una gran cólera contra Satish. Muchos afirmaron haber reconocido en él desde un comienzo una falta de solidez racional: ¡sólo había en él huecas burbujas de idealismo! Entonces descubrí hasta qué punto quería a Satish. Este acababa de dar un golpe de muerte a su ardiente secta de ateos. ¡Y, sin embargo, no me era posible odiarlo!

---

[10] El kirtan es una especie de oratorio de devoción que se canta con acompañamiento de cimbalos y tambores, cuyas palabras expresan toda la gama de las emociones humanas que sirven de vehículo a la comunión.

IV

¡Y partí a buscar a Lilananda Swamil ¡Cuántos ríos crucé, cuántos campos! Pasaba las noches en las tiendas...

En una de las aldeas encontré al fin al grupo. Eran las dos de la tarde. Había esperado ver a Satish a solas. ¡Imposible! La casita honrada con la presencia de Satish estaba atestada por una muchedumbre de devotos. Había habido kirtans durante toda la mañana, y la gente que había venido desde lejos esperaba que le sirvieran de comer.

Apenas me vio, Satish se lanzó hacia mí y me estrechó febrilmente entre sus brazos. Quedé estupefacto. Satish había sido siempre muy reservado. Su calma exterior bastaba para dar la medida de la profundidad de su emoción. Ahora parecía ebrio.

El Swami reposaba en la habitación contigua, cuya puerta estaba entreabierta. Podía vernos. Inmediatamente se dejó oír una voz profunda, que llamó:

—¡Satish!

Satish se precipitó a la habitación.

—¿Quién está ahí? —preguntó el Swami.

—Srivilas, un gran amigo mío —explicó Satish.

En los últimos años yo había alcanzado a hacerme un nombre en mi pequeño universo. Un sabio inglés, al oírme pronunciar un discurso había dicho: "Este hombre tiene un maravilloso..." ¡Pero callémonos! ¿Por qué agregarlo al número de mis enemigos?... Baste decir que había adquirido entre los estudiantes, y aun entre los padres de los estudiantes, la reputación de ser un fogoso ateo, capaz de montar la lengua inglesa, darle rienda suelta y trasponer todos los obstáculos con un brío extraordinario.

Creo que al Swami no le enojó verme allí. Al entrar en la pieza me limité a esbozar el saludo usual, es decir, levanté mis manos juntas, pero no bajé la cabeza. Como fieles discípulos del tío Jagamohan nuestro respeto no era como el arco que se pliega, sino como la bayoneta que se yergue con rigidez. Esto no escapó al Swami.

—¡Satish! —ordenó—. Enciéndeme una pipa.

Satish puso manos a la obra, pero mientras él encendía la yesca, yo me encendía interiormente. Además, comencé a sentir inquietud y no sabía dónde sentarme. El único asiento de la habitación era un lecho de madera sobre el cual se hallaba desplegado el tapiz del Swami. No tenía escrúpulos en ocupar un extremo del tapiz sobre el cual estaba instalado el gran hombre; pero, no sé por qué, no llegaba a sentarme. Permanecía de pie al lado de la puerta.

Resultó que el Swami estaba enterado de la beca "Premchand-Roychand",[11] que yo había conseguido.

—Hijo mío —me dijo—, es bueno que el pescador de perlas llegue al fondo, pero se moriría si debiera quedarse allí. Para vivir, es necesario que te remontes ahora a la luz, fuera de los abismos de tu ciencia. Has gozado ya los frutos de tu erudición; goza ahora la dicha del renunciamiento.

Satish alcanzó a su maestro la pipa encendida y se sentó en el suelo, a sus pies. El Swami se echó hacia atrás y alargó las piernas hacia Satish, quien se puso a masajearlas suavemente. Era más de lo que yo podía soportar. Abandoné la habitación. Veía con claridad, naturalmente, que esa manera de dar órdenes a Satish y de hacerse servir iba dirigida deliberadamente hacia mí.

Cuando pude ver a Satish al fin, frente a frente, le dije:

—Vamos, Satish, desde tu niñez te han educado en una atmósfera de libertad. ¿Cómo has hecho para dejarte atrapar ahora en una servidumbre semejante? ¿Tu tío ha muerto hasta ese punto?

Por buen humor, así como por exactitud, el afectuoso Satish acostumbraba invertir las dos primeras sílabas de mi nombre, y me llamaba Visri.[12]

—Visri —replicó—, mientras mi tío vivió me dio libertad en el campo de trabajo de la vida, la del niño sobre el campo de juego. Después de su muerte ha vuelto a darme la libertad sobre el gran mar de la emoción, la que el niño encuentra al volver a los brazos maternos. He gozado ampliamente de la libertad del día de

---

[11] La recompensa más alta discernida por la universidad de Calcuta.
[12] Visri: feo, sin gracia.

la vida. ¿Por qué me privaré de la libertad de la noche de la vida? Ten la seguridad de que ambas son el don de nuestro tío.

—Digas lo que digas —insistí— el tío no hubiera aceptado nunca esas pipas encendidas y esos masajes en los pies! ¡Nada de eso se parece a la libertad!

—La libertad de que hablas era una libertad sobre la plaza. Allí, mi tío les dejaba a nuestros miembros una independencia total. La libertad actual es una libertad sobre el océano. Para que avancemos en ella necesitamos estar confinados en el navío. Por esa razón el Maestro me retiene agregado a su servicio. Ese masaje me ayuda a cruzar los mares.

—Presentada de esa manera, la cosa no tiene tan mal aspecto —concedí—. Pero, de cualquier modo, no puedo tolerar a un hombre que tiende así los pies debajo de la nariz de uno.

—Puede hacerlo -explicó Satish-, porque no tiene ninguna necesidad de ese servicio. Si fuera sólo para él, se ruborizará de pedirlo. Pero soy yo quien lo necesita.

Comprendí que en el mundo en el cual se hallaba Satish no había lugar para mí, su íntimo amigo.

El hombre a quien Satish había estrechado entre sus brazos con tanta efusión no era Srivilas, sino un representante de la humanidad total, nada más que una idea. Esas ideas son como el vino. Cuando se suben a la cabeza, uno es capaz de abrazar a cualquiera, de llorar sobre el pecho de cualquiera, yo u otro. Pero, cualesquiera sean las dichas de aquel que se halla encantado, en éxtasis, ¿qué valen esos abrazos para el otro, para mí? ¿Qué satisfacción ha de nacerme del hecho de ser considerado sólo como una de las arrugas de la ola grandiosa que oblitera toda diferencia? ¿Yo, el individuo Yo?

Era claro que se trataba de una discusión inútil, pero tampoco podía decidirme a dejar a Satish. Entonces, yo también en satélite, iba danzando de aldea en aldea, transportado por la corriente de los kirtans. Poco a poco me poseyó la embriaguez. También yo me puse a estrechar entre mis brazos a todo el mundo, a llorar sin motivo y a acariciar los pies del Maestro. Y, por último, en un momento de curiosa exaltación, Satish me fue revelado bajo una luz que sólo puede llamarse divina.

V

Gracias a la conquista de dos ateos notorios y de cultura universitaria como nosotros, el renombre del Swami se extendió a lo lejos. Sus discípulos de Calcuta le urgían a instalar su cuartel general en esa capital. Lilananda, pues, se estableció allí.

Shivatosh había sido ferviente adepto de Lilananda; Todas las veces que el Swami había ido a Calcuta había residido en casa de Shivatosh. Y la única dicha de la existencia para éste era servir al Maestro y a todos sus discípulos cuando honraban su hogar. Al morir, legó la totalidad de sus bienes al Swami, y sólo dejó una renta, vitalicia a su viuda sin hijos. Esperaba que su casa se convirtiera en el centro de peregrinaje de la secta.

Allí fuimos a residir.

Durante nuestra marcha extática a través de las aldeas, me había sentido con una exaltación que me fue difícil conservar en Calcuta. En el país maravilloso de la emoción, de donde veníamos de retozar, se representaba el drama místico de la Novia que hay en nosotros, perseguida por el amor del Novio que está en todas partes. Y el acompañamiento lo constituían, la sinfonía de los amplios y verdes pastizales, de los lugares sombreados, donde atracaban las barcas de los silencios profundos de la noche, vibrantes a causa del trémolo de las cigarras, de los atardeceres de grandes ocios embriagadores. Había sido una marcha de sueño, a la cual no ofrecían obstáculo alguno los cielos descubiertos del pleno campo. Pero, ya en Calcuta, nuestras cabezas chocaron contra la dureza de la ciudad, la multitud nos llenó de codazos, y vimos cómo terminaba nuestro sueño.

¿No era aquélla, sin embargo, la misma Calcuta en la que habíamos trabajado antes día y noche con toda nuestra alma, entre las cuatro paredes de nuestra pieza de estudiantes, y dónde habíamos discutido y reflexionado sobre los problemas de la patria con nuestros camaradas en el jardín del colegio; y donde habíamos servido como voluntarios en las sesiones de nuestra Asamblea Nacional; y donde habíamos respondido al llamado del tío Jagamohan y tomado el voto de liberar a nuestro espíritu de toda esclavitud impuesta por la sociedad o el Estado? Sí, en esa misma Calcuta, impulsados por la ola ascendente de nuestra juventud, habíamos seguido nuestra carrera, indiferentes a los insultos de propios y extraños, y hendido orgullosamente las corrientes como una barca de velas hinchadas. ¿Por qué ahora, entonces, no conseguiríamos en medio de ese torbellino de humanidad sufriente, oprimida por el placer y el dolor, impulsada por el hambre y la sed, la exaltación empapada en lágrimas de nuestro culto de Comunión emotiva?

Lo intenté valientemente, pero la duda me asediaba a cada paso. ¿No era yo, pues, sino un pobre ser débil, infiel a su ideal, incapaz de un esfuerzo enérgico? Cuando me volvía hacia Satish, no veía en su fisonomía ningún indicio de que Calcuta representase para él la menor realidad geográfica. En el mundo místico en el cual vivía, la vida de la ciudad era un puro espejismo.

Nos instalamos junto con el Maestro en casa de Shivatosh. Nos habíamos convertido en sus principales discípulos, y nos quería constantemente a su lado.

Con nuestro Maestro y los discípulos compañeros nos absorbíamos noche y día en la discusión de las emociones en general, y de la filosofía de la emoción espiritual en particular. De tanto en tanto, en el momento más intenso de las complejidades abstrusas que ocupaban nuestra atención, llegaba el sonido de una risa de mujer desde los departamentos interiores.[13] A veces se oía una voz alta y límpida que llamaba "¡Bani!", evidentemente a alguna sirvienta que se llamaba así.

Eran interrupciones triviales, para el impulso sin duda alguna de espíritus que planeaban hasta perderse de vista en el empíreo de la idea. Pero, para mí, eran ondas bienhechoras sobre el suelo seco. Cuando me llegaban pequeños contactos de vida desde el mundo desconocido que se hallaba detrás de la muralla, traídos por la brisa como pétalos que se desprenden, comprendí entonces súbitamente que la tierra de maravilla que buscábamos estaba allí, simplemente; allí donde las llaves tintineaban adheridas a un ángulo del sari de Bani, allí donde se alzaba el ruido de la escoba sobre el suelo limpio, allí donde el olor de los manjares llegaba de la cocina; todo bagatela, pero todo verdad. Ese mundo hecho de refinamiento y grosería, de suavidad y amargura, ése mismo era el cielo donde se ocultaba la Emoción.

La viuda se llamaba Damini. Podíamos entreverla de paso, a través de unas puertas que se abrían, entre unas cortinas que se agitaban. Pero llegamos a ser parte integrante del Maestro a tal punto, que su privilegio fue el nuestro, y pronto puertas y cortinas dejaron de ser barreras para nosotros.[14]

---

[13] Parte de la casa reservada para las mujeres.
[14] Las mujeres no observan el purdah con los ascetas religiosos.

Damini [15] era el relámpago que luce en el aglomeramiento de nubarrones de julio. Por afuera la envolvían las armonías en flor de la juventud; en su interior fulguraban fuegos caprichosos.

Satish escribió en su Diario: "En Nonilaba vi la Mujer Universal bajo uno de sus aspectos, la mujer que toma sobre sí todo el peso del pecado, que da hasta su vida misma por amor del pecador, y que al morir deja al mundo el bálsamo de la inmortalidad. En Damini veo otro aspecto de la Mujer Universal. Esta no tiene nada que ver con la muerte. Ella es la Artista en el Arte de la Vida. Florece en una profusión sin límites de forma, perfume, movimiento. No quiere desechar nada, se niega a acoger el ascetismo, y es en vano que el Viento Invernal le reclame el impuesto del menor óbolo".

Es necesario contar la historia de Damini.

En la época en que de los cofres de su padre Annada desbordaban los provechos de su comercio de yute, Damini casó con Shivatosh. Hasta ese momento, la fortuna de Shivatosh había consistido en su árbol genealógico. Desde entonces contó con un agregado más sólido. Annada donó a su yerno una casa en Calcuta y dinero en cantidad suficiente para el resto de su vida. Agregó unos regalos de muebles, y adornos para su hija.

Además, se esforzó sin éxito, en la tarea de hacer participar a Shivatosh de su comercio. Shivatosh no tenía ningún interés en los negocios de este mundo. Un astrólogo le había predicho en una oportunidad, que al producirse cierta conjunción de astros, su alma lograría la emancipación, sin dejar de permanecer adherida al cuerpo. Desde entonces vivió con esa esperanza, y no encontró ya encanto alguno en las riquezas, ni en objetos más encantadores

---

[15] Damini quiere decir relámpago.

aún. En ese estado de espíritu se convirtió en discípulo de Lilananda Swami.

Sin embargo, con el brusco descenso del comercio de yute, la fuerza de los vientos contrarios sorprendió demasiado cargada a la barca que cargaba la fortuna de Annada, y la hizo zozobrar. Vendieron sus bienes, y apenas les quedó con qué vivir.

Una noche, al entrar en los departamentos interiores, dijo Shivatosh a su mujer:

—El Maestro está aquí. Tiene que darte algunos consejos, y te ruega que vayas a verlo.

—No puedo verlo ahora —contestó Damini—. No tengo tiempo.

"¿No tengo tiempo?" Shivatosh se acercó y encontró a su mujer sentada en la noche que caía, enfrente de la caja fuerte abierta, con sus adornos extendidos delante de ella.

—¿Qué te retiene? —preguntó.

—Estoy arreglando mis joyas —fue la respuesta.

¡Verdaderamente por eso le faltaba tiempo!

Al día siguiente, cuando Damini abrió la caja fuerte no vio ya su cofre de alhajas.

—¡Mis joyas! —exclamó, volviéndose hacia su marido.

—Se las has ofrecido al Maestro. ¿No te llegó su invocación en ese preciso momento? Porque él ve dentro de las almas. En su misericordia se ha dignado salvarte de la trampa funesta del lucro.

Damini se encolerizó.

—¡Devuélveme mis joyas! —ordenó.

—¿Qué harás con ellas?

—Me las dio mi padre. Se las quiero devolver.

—Ahora están en mejor lugar —dijo Shivatosh—. En vez de halagar los apetitos de este mundo, están consagradas al servicio de las almas piadosas.

Así comenzó la opresión tiránica de la fe. Y el devoto ritual de exorcismo se practicó en toda su crueldad para liberar al espíritu de Damini de sus afectos y deseos terrestres. Así, en tanto su padre y su hermanito se morían lentamente de inanición, Damini debía preparar todos los días, con sus propias manos, la comida de los sesenta o setenta fieles que se congregaban en torno del Maestro. A veces, rebelde, descuidaba poner un poco de sal, o se las arreglaba para que los platos se quemaran; pero sin que ello le procurara descanso alguno en su penitencia.

En esas circunstancias murió Shivatosh, y en el momento de su muerte condenó a su mujer al castigo que merecía su falta de fe. Puso a Damini, junto con todo lo que poseía, bajo la tutela del Swami.

VI

La casa vivía en un tumulto continuo de olas ascendentes de fervor. Llegaban fieles de todos los rincones del país para sentarse a los pies del Maestro. Pero Damini, que había conseguido la presencia santa sin esfuerzo, desechaba su dichosa fortuna con desprecio.

¿El Maestro la llamaba a su lado para darle alguna prueba especial de su favor? Ella pretextaba una jaqueca, y permanecía al margen. Si él tenía ocasión de quejarse de algún olvido particular en las atenciones personales de Damini, ésta confesaba que había ido al teatro. La excusa no era sincera, pero tampoco impertinente. Las otras discípulas femeninas estaban espantadas de las maneras de Damini. Comenzaba por no usar el vestido que deben llevar las viudas.[16] Luego, no mostraba ningún ardor en beber las palabras de prudencia del Maestro. Por último, su aspecto no tenía nada de la modestia respetuosa que reclamaba la presencia santa.

—¡Qué vergüenza! —exclamaban—. ¡Hemos visto muchas mujeres indignas, pero ninguna tan indignante!

---

[16] Las viudas hindúes de Bengala deben vestirse de blanco (o de seda color castaño) sencillamente, sin ribetes ni ornamentos.

El Swami sonreía.

—El Señor —decía—, encuentra una predilección especial en luchar contra un adversario valiente. Cuando Damini se vea obligada a reconocer su derrota, su rendición será más absoluta.

El Swami mostró una tolerancia excesiva para juzgar la rebelión de Damini. Esta se exasperó, pues la consideró una forma astuta de castigo. Y un día el Maestro la sorprendió riendo a carcajadas, mientras imitaba con una de sus compañeras la unción exagerada de las maneras del Swami para con ella. No tuvo una sola palabra de reproche, sin embargo. Se contentó con repetir que el desenlace sería tanto más maravilloso: la pobre mujer no era más que el instrumento de la Providencia, y no merecía ninguna censura.

Tal era la situación a nuestra llegada.

En verdad, el desenlace fue maravilloso... Apenas puedo decidirme a proseguir. ¡Por otra parte, lo que ocurrió es tan difícil de contar! La red de sufrimientos que se teje detrás de la escena ya no sigue el dibujo señalado por las Escrituras, que no es de nuestra propia invención. Y de allí provienen las frecuentes discordancias entre la vida interior y la vida exterior; discordancias dolorosas, cuyo gemido se exhala en llanto. Así que llegó el fin: el alba en el cual se resquebrajó, para caer hecha pedazos, la costra rugosa de la rebelión, a través de la cual apareció la flor de la sumisión, elevando su rostro lavado con rocío. El servicio de Damini fue tan perfecto en su sinceridad, que se difundió entre los discípulos como la bendición de la Divinidad a la cual adoraban.

Y cuando en casa de Damini el fulgor de los relámpagos se hubo vuelto tranquila radiación, Satish la miró y vio que era hermosa. Pero yo digo que Satish sólo contempló su belleza, y no supo ver a Damini misma.

En la habitación de Satish pendía un medallón de porcelana que representaba al Swami en meditación. Un día lo encontró en el suelo hecho mil pedazos. Atribuyó la cosa a su gato favorito. Pero siguieron otras pequeñas jugarretas del mismo estilo, que sobrepasaban las posibilidades de un gato, sin duda. Se percibía en el aire una suerte de inquietud que estallaba por momentos en sacudidas eléctricas invisibles.

No sé qué sentían los otros, pero una pena creciente me roía el corazón. A veces pensaba que esos arrebatos continuados de emoción me eran funestos. Quería renunciar a ellos, y huir. Mi antigua tarea de instruir a los hijos de los mercaderes de cueros parecía llamarme de nuevo con su prosa sin mezcla.

Una tarde en que el Maestro hacía su siesta, y los discípulos fatigados reposaban, Satish, por alguna razón, subió a su habitación a una hora desacostumbrada. De pronto, ya en el umbral, se detuvo. Allí estaba Damini, con su espesa cabellera suelta, golpeando el suelo con la frente y gimiendo: "¡Oh, piedra, piedra, apiádate, apiádate y mátame ahora mismo!".

Satish huyó, temblando de la cabeza a los pies, agitado por un temor sin nombre.

VII

Una vez por año, Swami Lilananda acostumbraba partir a algún lugar distante, lejos de la multitud. Con el mes de Magh [17] volvió la época de su peregrinaje. Satish debía acompañarlo. Yo también quise acompañarlos. Agotado hasta los huesos por la sobreexcitación y la emoción incesantes de nuestro culto, sentía una gran necesidad de movimiento físico y de descanso mental. El Maestro llamó a Damini.

—Madrecita —le dijo—, estoy a punto de dejarte por el tiempo que dure mi viaje. ¡Permíteme arreglar tu estada en casa de tu tía, como de costumbre!

—Quisiera acompañarte —dijo Damini.

—Temo que te sería totalmente imposible soportarlo. Nuestro viaje será penoso.

—¡Sí que puedo soportarlo! —contestó ella—. Te ruego que no te inquietes por mí.

---

[17] Enero-febrero.

Lilananda vio con placer esa prueba de devoción por parte de Damini. En años anteriores, la ausencia del Maestro había sido para ella una época de fiesta, a la cual aspiraba por encima de otra cosa durante los meses que precedían.

—¡Milagro! —pensaba el Swami—. ¡La misma piedra se ablanda como cera en el crisol divino de la Emoción!

Fué así que Damini obtuvo lo que quería, y partió con nosotros.

VIII

El lugar al que llegamos después de caminar durante horas bajo los rayos del sol, era un pequeño promontorio sombreado de cocoteros, situado a orillas del mar. Reinaban allí, profundas, la soledad y la paz; el suave murmullo de las palmas se confundía con el chapotear perezoso del mar, que nos envolvía. Se hubiera dicho la mano cansada de la orilla adormecida, caída inerte sobre la superficie de las aguas. Sobre esa mano abierta se erguía una colina, de color verde azulado, en la cual había un templo de esculturas antiguas. Al margen de su belleza serena ese templo excitaba muchas discusiones entre los arqueólogos, a propósito del origen, del estilo y del asunto de sus esculturas.

Teníamos la intención de volver a la aldea donde habíamos hecho alto después de haber visitado el templo. Pero vimos que era imposible. El día caía rápidamente y hacía ya mucho que había pasado el tiempo de la luna llena. Lilananda Swami decidió que nos quedáramos esa noche en la caverna. Nos sentamos los cuatro sobre el suelo arenoso, bajo los bosquecillos de cocoteros que flanqueaban el mar. Los reflejos rojizos del sol poniente descendían de a poco en el occidente, como si el Día se inclinara en un saludo de adiós a la Noche.

La voz del Maestro se elevó en un canto que había compuesto:

Cae el día,
Cuando por fin nos encontramos en el recodo;
Intento ver tu rostro,
Pero el último rayo se desvanece en la noche.

Nunca había existido una armonía tan perfecta entre el cantante, el auditorio y las cosas. Damini estaba emocionada hasta las lágrimas. El Swami siguió con la segunda estrofa:

No gemiré porque las tinieblas
te oculten a mi mirada;
Pero espera un momento
que te bese los pies y los limpie con mis cabellos.

Cuando hubo terminado, la tarde plácida que envolvía el cielo y las aguas, era como una fruta madura y dorada a punto de estallar bajo la suave melodía.

Damini se levantó y se aproximó al Maestro. Se prosternó a sus pies, y sus cabellos sueltos, que le caían sobre los hombros, se extendieron sobre el suelo, a ambos lados. Así permaneció largo tiempo antes de levantar la cabeza.

IX
(Extracto del Diario de Satish)

Había varias habitaciones en el interior del templo. En una de ellas extendí una colcha y me acosté. Las tinieblas encerradas en la caverna parecían vivas, y se asemejaban a un monstruo enorme, cuyo aliento húmedo me inundaba el cuerpo. Me obsedió la idea de que era la primera de todas las bestias creadas en el origen de los tiempos, sin ojos y sin orejas, pero de apetito gigantesco. Confinada desde hacía siglos en esa caverna, no sabía nada, estaba privada de inteligencia, pero dotada de sensibilidad, y lloraba, lloraba en silencio.

La fatiga aplastó mis miembros como un peso muerto, pero el sueño no llegaba. Un pájaro, quizás un murciélago —que venía del exterior o salía de la caverna—, batía sus alas al pasar de tiniebla en tiniebla. Cuando el soplo de aire llegó a mi cuerpo, me estremecí y se me erizó la piel. Quise salir, para dormir afuera. Pero no pude recordar en qué dirección se hallaba la entrada. Al arrastrarme sobre las manos y las rodillas a lo largo del camino que creía reconocer, tropecé contra la pared de la caverna. Cuando intenté otro rumbo estuve a punto de caer en un pozo donde se había juntado el agua que goteaba a través de las fisuras.

Volví arrastrándome hasta mi colcha y me extendí de nuevo. Volvió a poseerme la idea de que estaba en las fauces mismas de esa criatura, sin poder arrancarme a ella, y que yo era la víctima de un hambre ciega que me lamía con su saliva viscosa para succionarme y digerirme poco a poco, sin ruido.

Sentía que sólo podía salvarme el sueño. Era evidente que mi conciencia transparente y viva era incapaz de soportar el abrazo tan estrecho de una oscuridad horrible y sofocante, hecha únicamente para los muertos.

No puedo decir al cabo de cuánto tiempo llegó el sueño, pero un velo tenue de olvido cayó al fin sobre mis sentidos; y, mientras me hallaba en esa seminconsciencia, sentí realmente en torno de mis pies desnudos una respiración profunda. ¡Ah! ¡Era el ser prehistórico de mi imaginación, sin duda!

Después, algo pareció aferrarse a mis pies. Esta vez pensé—, una bestia salvaje... Pero carecía de pelambre. ¿Sería algún reptil de forma desconocida? ¡La blanda suavidad de esa cosa espantosa, hambrienta, me era repugnante!

Era incapaz de articular nada, ni siquiera un grito, a causa del terror y del asco. Intenté rechazarla, semi-embotado. Su rostro me tocaba los pies, sobre los cuales caía un soplo jadeante... Le pegué. Un vellón me rozó. Me erguí con esfuerzo. Algo huyó en las tinieblas. Y escuché un sonido extraño... ¡Era posible que fuese un sollozo!

TERCERA PARTE

Damini

I

Ya estábamos de vuelta en la aldea, instalados cerca de un templo, en una casa de dos pisos que pertenecía a uno de los discípulos del Maestro, que la había puesto a nuestra disposición. Desde nuestro regreso no habíamos vuelto a ver a Damini. Esta se había vinculado con los vecinos y pasaba la mayor parte de sus momentos perdidos charlando con ellos de casa en casa.

El Swami no estaba muy satisfecho. Se decía que el corazón de Damini no respondía todavía al llamado de las cimas etéreas. Ella reservaba toda su ternura para las murallas de arcilla. En su tarea diaria, que consistía en ocuparse de los fieles —y que antes era para ella como un acto de adoración— era visible su lasitud. Cometía errores. Su servicio había perdido todo poder de transmisión.

En el fondo de su corazón, el Maestro comenzaba a temerla. Se formaba un pliegue entre las cejas de Damini; su humor era turbado por brisas caprichosas; el rodete de su pelo, que se desanudaba y aplastaba sobre la nuca, sus labios apretados, los resplandores que lanzaban sus ojos, sus gestos caprichosos y repentinos, presagiaban una tormenta de rebelión.

El Swami dirigió toda su atención hacia los kirtans. La abeja vagabunda, atraída por el perfume, volverá (tal pensaba él) a beber la miel a grandes sorbos. Así, las cortas y frescas jornadas se llenaron hasta el borde con el vino espumoso de los cantos estáticos.

¡Pero nada! ¡Damini no se dejaba capturar! Un día, riendo, el Swami exclamó en voz alta:

—¡El Señor ha partido para la caza! ¡La fuga obstinada de la cierva aumenta el sabor de la persecución, pero por último tendrá que sucumbir!

Cuando conocimos a Damini por primera vez, ella no formaba parte del grupo de fieles que se agrupaba en torno del Maestro. Por esa razón no nos sorprendía no verla. Pero ahora, su lugar vacío no pasaba inadvertido. Sus frecuentes ausencias eran para nosotros otros tantos ramalazos de tempestad. El Swami atribuía esa actitud al orgullo de Damini, y su propio orgullo estaba herido. En cuanto a mí... Pero ¡qué importan mis pensamientos!...

Un día, el Maestro reunió todo su valor y le dijo con su tono más suave:

—Damini, madrecita, ¿crees tener un instante libre esta tarde? Si es así...

—No —respondió ella.

—¿No quieres decirme por qué?

—Debo ir a hacer dulces a casa de los Nandi.

—¿Dulces? ¿Para qué?

—Tienen una boda.

—¿Y es indispensable que los ayudes?

—He prometido ir.

Y Damini se eclipsó rápidamente de la habitación, sin esperar más preguntas.

Satish, que estaba presente, se quedó mudo de estupefacción. ¡Cómo! ¡Tantos hombres colmados de saber, de riquezas y de gloria habían venido a ponerse a los pies del Swami, y esa pequeña... ¿De dónde sacaba tanta seguridad y tanta audacia?

Otra tarde, Damini se encontraba en la casa. El Maestro había encarado un asunto de especial importancia. Continuaba su discurso cuando algo lo detuvo. Nuestra atención se dispersaba. Miró en torno de si y descubrió que Damini, quien estaba allí un instante antes con un trabajo de costura en la mano, había desaparecido. El comprendió la causa de nuestra distracción. ¡Ella no estaba ya allí, ya allí, ya allí! El estribillo empezó a obsederlo también a él. Perdió el hilo de su discurso, y por último debió interrumpirlo.

Dejó la habitación y se dirigió a la puerta de Damini.

—Damini —llamó—. ¿Por qué te quedas sola? ¿No quieres reunirte con nosotros?

—Estoy ocupada —dijo Damini.

El Swami, derrotado, pudo ver, al pasar cerca de la puerta entreabierta, un milano enjaulado. El pájaro había chocado contra los hilos telegráficos y yacía herido cuando Damini lo salvó de las cornejas que lo acosaban; y desde entonces ella lo cuidaba.

El milano no era el único objeto de sus cuidados. Tenía también un perrito mastín, cuya apariencia y educación se correspondían. Era la discordancia en persona. Cada vez que escuchaba el son de nuestros timbales levantaba la cabeza hacia el cielo y dejaba oír un prolongado lamento. Los dioses, seres afortunados, no tenían la obligación de escucharlo. Pero los pobres mortales, cuyos oídos se hallaban a su alcance, sufrían una tortura lamentable.

Una tarde, mientras Damini hacía un poco de horticultura en diversos potes rajados, sobre la terraza, Satish subió para preguntarle bruscamente:

—¿Por qué has dejado de venir abajo?

—¿Adónde?

—Al lado del Maestro.

—¿Cómo? ¿Acaso me necesitáis?

—No, pero la necesidad es tuya.

—¡No, no —exclamó Damini— de ninguna manera!

Desconcertado por tanto ardor, Satish la contempló en silencio; luego, reflexionó en voz alta:

—Tu alma carece de paz. Si deseas conseguirla...

—¡La paz! ¿De vosotros que os consumís día y noche en su exaltación? ¿Dónde está la paz que podéis dar? ¡Dejadme tranquila, por favor, os lo suplico! Yo quisiera estar en paz.

—Sólo ves las olas de la superficie. Si tuvieras la paciencia necesaria para sumergirte más, encontrarías que todo está en calma...

Damini se retorció las manos, y exclamó:

—¡En nombre de Dios, te conjuro para que no vuelvas a insistir en que me sumerja! ¡Si sólo quisieras abandonar la esperanza de convertirme, la vida aún me sería posible, quizás!

II

Nunca tuve una experiencia lo suficientemente amplia para permitirme penetrar los misterios del espíritu femenino. A juzgar por lo poco que he visto de él, he llegado a la convicción de que las mujeres se hallan siempre dispuestas a hacer don de su corazón, allí donde su suerte no puede ser más que pena. O bien trenzan su guirnalda de aceptación[18] para cualquier bruto que las hollará bajo sus pies y las arrastrará a través del fango de sus pasiones, o bien se la dedican a algún idealista cuyo cuello no podría retenerla, a tal punto se halla reducido a una sombra, como la substancia impalpable de sus imaginaciones.

Si se las deja en libertad de elección, las mujeres desechan invariablemente a los hombres ordinarios de mi condición, en quien se mezclan el fino y el grosero y que en la mujer sólo ven la mujer, no una muñeca de arcilla hecha para servir de pasatiempo, o una melodía sublime que evocará nuestra ejecución de amo. Nos desechan porque carecemos del atractivo poderoso y mentiroso de la carne, o de las ilusiones de una fantasía color de rosa; no podemos romperlas sobre la rueda de nuestro deseo, ni fundirlas

---

[18] Antes, cuando una joven tenía que elegir entre varios pretendientes, pasaba una guirnalda en torno del cuello del dichoso elegido.

con el fuego de nuestro fervor en el molde de nuestro ideal. Como sólo las reconocemos en lo que son, llegan a ser nuestras amigas, pero no pueden amarnos. Nosotros somos su verdadero refugio, porque pueden contar con nuestra devoción, pero nuestra dedicación voluntaria les es dada tan fácilmente que olvidan su precio. Por eso, la única recompensa que recibimos consiste en ser utilizados para sus designios y, quizá, el conquistar su respeto.

Pero temo que esta excursión en el dominio de la psicología se deba únicamente a quejas personales. El hecho, sin duda, es que nuestra derrota es un triunfo. En todo caso, así nos consolamos.

Damini evitaba al Maestro porque no lo podía soportar. Huía de Satish, porque éste le inspiraba sentimientos contradictorios. Yo era la única persona de su proximidad que no le inspiraba ni amor ni odio. Por eso, cada vez que me encontraba con Damini ella hablaba, charlaba de cosas de antes o actuales, o de los acontecimientos diarios en casa de los vecinos. Esas conversaciones se realizaban generalmente en la terraza sombreada que servía de paso entre las habitaciones del segundo piso; allí, Damini se sentaba a recortar rebanadas de nueces de betel.

Lo que yo no podía comprender era que esas charlas insignificantes hubiesen atraído la atención de Satish, tan luego él, cuya visión se hallaba perdida en las nubes. Supongamos aun que las circunstancias fueran menos insignificantes. Pero, ¿acaso no me habían dicho que en el mundo en el cual vivía Satish no existía ninguna de esas cosas turbadoras denominadas circunstancias? La Unión Mística, en la que las Fuerzas Cósmicas personificadas desempeñan un papel, es un drama eterno, no un episodio histórico. ¿Aquellos a quienes sumerge en éxtasis la melodía de la flauta inmortal, a quienes transportan los céfiros perpetuos que se tocan en ese paraíso, a orillas del Jumna místico de olas inagotables, tienen aún ojos y oídos para los hechos efímeros que suceden en torno de ellos?

Hay algo cierto, al menos, y es que antes de nuestro retorno de la caverna las percepciones terrestres de Satish eran mucho más lentas. Era posible que yo fuese, en parte, responsable del cambio. Yo también había empezado a faltar a los kirtans y oraciones con una frecuencia que hasta al mismo Satish no podía pasarle inadvertida.

Un día, concretando los hechos, me encontró corriendo detrás de la mangosta de Damini —adquisición reciente—, deseoso de devolverla a su esclavitud con el cebo de un pote de leche que me había procurado en la aldea. Esa ocupación no tenía ningún valor como excusa. Hubiera podido esperar fácilmente el final de nuestra sesión. Y lo mejor habría sido dejar entregada la mangosta a sus propios recursos, con lo que demostraba mi adhesión a las dos doctrinas principales de nuestro culto: la Compasión por todas las criaturas, y la Pasión por el Señor.

Por eso, cuando Satish subió a verme, debí sentirme avergonzado. Dejé en el acto el pote de leche, y quise esquivarme por el camino que me llevaba al respeto por mí mismo. Pero la actitud de Damini nos confundió. Preguntó, sin el menor embarazo:

—¿Adónde vas así, Srivilas Babu? Me rasqué la cabeza, y murmuré:

—Pensaba reunirme...

—Ya deben haber terminado a esta hora. ¡Siéntate! Me ardían las orejas al ser tratado así delante de Satish.

Damini se volvió hacia éste, y continuó:

—Mi mangosta me causa terribles preocupaciones. Ayer fue a robar un pollo en el barrio musulmán. Ya no puedo dejarla en libertad. Srivilas Babu me ha prometido buscar un lindo cesto de buen tamaño para meterlo adentro.

Me pareció que Damini aprovechaba la mangosta para lucir toda mi devoción. Recordé cuando el Swami le dio órdenes a Satish para causarme impresión. Los dos casos eran idénticos.

Satish no contestó nada, y su partida fue más bien brusca. Yo observaba a Damini, y vi que sus ojos lanzaban un relámpago al seguir a la silueta que desaparecía, mientras sobre sus labios se posaba una sonrisa dura y enigmática. ¿A qué conclusión había llegado? Ella lo sabía mejor que nadie. Para mí, el único resultado aparente fue que no dejó de buscarme con toda clase de pretextos fútiles. A veces preparaba dulces, que me obligaba a aceptar. Un día, no pude impedir el sugerirle que debería ofrecérselos también a Satish.

—Sólo serviría para contrariarlo —dijo Damini. Y sucedió que Satish me sorprendió en flagrante delito de ese festín.

En el drama que se representaba, el héroe y la heroína recitaban su papel cada uno por su lado. Yo fui el único personaje que debió hablar abiertamente, pues mi papel carecía de consecuencias. A veces maldecía mi destino. Sin embargo, no podía resistir a la tentación de las moneditas con que se pagaba diariamente mi personaje de intermediario.

III

Durante cierto tiempo Satish hizo repicar cuanto pudo sus timbales en los kirtans. Después, vino a verme un día y me dijo:

—No podemos conservar a Damini a nuestro lado.

—¿Por qué? —pregunté.

—Tenemos que liberarnos totalmente de la influencia de la mujer.

—Si es una necesidad —dije—, debe de haber algo radicalmente falso en nuestro sistema.

Satish me miró, estupefacto.

—La mujer —continué sin vacilar— es un fenómeno natural y ocupará su lugar en el mundo por más que intentemos liberarnos de ella. Si tu dicha espiritual depende del hecho de ignorar voluntariamente su existencia, perseguir esa dicha es correr detrás de un fantasma, y te cubrirás de vergüenza a tal punto que, una vez desvanecida la ilusión, no sabrás dónde ocultarte.

—¡Oh, basta ya de tus disertaciones filosóficas! —exclamó Satish—. Te hablo de conducta práctica. Es demasiado cierto que las mujeres son emisarias de Maya, y que por orden de Maya nos importunan con sus halagadoras caricias. Porque ellas no pueden cumplir los designios de su Ama si no los hacen prevalecer sobre nuestra razón. Por eso debemos evitar su escollo, si queremos conservar la libertad de nuestra inteligencia.

Iba yo a replicar, cuando Satish me detuvo con un gesto.

—Visri, mi viejo camarada, ¡te estoy hablando muy francamente! La mano de Maya no es visible para ti, porque te has dejado apresar entre sus redes. La visión de la belleza, en cuya trampa te ha hecho caer, concluirá por desvanecerse, y con la Belleza desaparecerán los espejuelos del Deseo, a través de los cuales ahora te parece más grande que el resto de las cosas. Si los hilos de Maya son tan visibles, ¿por qué ser tan temerarios y correr el riesgo?

—¡De acuerdo! —le contesté—. Pero, querido amigo, las redes de Maya que rodean al universo no han sido arrojadas por mis manos, y no sé cómo escapar de ellas. Puesto que no tenemos el poder de eludir a Maya, nuestro esfuerzo espiritual debe ayudarnos, sin dejar de reconocer su existencia, a elevarnos por encima de ella. Y por no seguir ese camino chapoteamos en vanas tentativas por suprimir la mitad de la verdad.

—¡Bueno! ¡Bueno! Explícame tu punto de vista un poco más claramente —dijo Satish.

—Tenemos que bogar en la barca de nuestra vida —continué—, sobre la corriente de la naturaleza, a fin de llegar más allá. Para nosotros, el problema no consiste en liberarnos de eso, sino en mantener nuestra barca a flote sobre el lecho de la corriente hasta el momento en que la haya superado. Por lo tanto, hace falta un timón.

—¿Cómo puedo haceros comprender, a vosotros que habéis dejado de ser fieles al Maestro —exclamó Satish— que nosotros precisamente tenemos el timón? ¡Os gustaría regular vuestra vida espiritual sólo de acuerdo a vuestros caprichos! ¡De ese lado está la muerte!

Y Satish partió hacia la habitación del Maestro y se puso a masajearle los pies con fervor.

Esa misma noche, al encender la pipa del Swami, Satish formuló su queja contra Maya y sus emisarios. Pero fue necesaria más de un pipa antes de llegar a una solución. Las noches sucedían a las noches, y las pipas a las pipas, y el Maestro no podía decidirse.

Desde un comienzo Damini había sido para el Maestro fuente de toda clase de disgustos. ¡Y la joven se las había arreglado para provocar esos remolinos en el centro justo del curso apacible que seguía la marcha de los discípulos!

Pero Shivatosh había puesto a Damini y sus bienes en manos del Swami, de modo que éste no sabía cómo deshacerse de ella. La solución se había vuelto más difícil aún a causa del secreto temor que le producía su pupila. Y Satish, a despecho del multiplicado entusiasmo que ponía en sus kirtans, de las pipas que preparaba y de las piernas que masajeaba para conquistar el reposo del corazón, no encontraba el modo de olvidar por un instante que Maya había instalado sus posiciones a través de su avance espiritual.

Un día llegaron algunos cantantes renombrados de kirtans. Debían cantar esa noche en el templo contiguo. El kirtan duraría hasta muy entrada la noche. Logré deslizarme afuera después de los preliminares, seguro que en medio de una multitud tan compacta nadie advertiría mi ausencia.

Esa noche, Damini se había despojado de toda su reserva. Salían de sus labios con sencillez y encanto cosas de las cuales es difícil hablar, que la garganta apretada se niega a dejar escapar. Se hubiera dicho que había descubierto algún rincón secreto de su corazón, oculto largo tiempo en las tinieblas, y que por un azar extraño ella se encontraba ahora en frente de sí misma.

En ese instante preciso llegó Satish, y permaneció vacilante, sin que al comienzo advirtiéramos su presencia. En ese momento Damini no decía nada particular, pero había lágrimas en sus ojos: en verdad, todas sus palabras resplandecían como profundidades inundadas de lágrimas. Era imposible que el kirtan llegara a su fin. Adiviné que el aguijón de solicitudes interiores habría impulsado a Satish para que hubiese abandonado el templo tan temprano.

Cuando Satish avanzó, y lo vimos, Damini se sobresaltó, se limpió los ojos y se dirigió hacia su habitación. Satish, en cuya voz había un temblor, le dirigió la palabra.

—¿Quieres escucharme, Damini? Quisiera decirte algunas palabras.

Damini volvió lentamente sobre sus pasos, y se sentó de nuevo. Hice ademán de retirarme, pero la mirada implorante de ella me detuvo.

Satish, que durante ese tiempo parecía hacer un esfuerzo, habló sin rodeos.

—Cuando te dirigiste al Maestro, ¿no participabas de la misma necesidad que nos había impulsado a todos? —le dijo.

—No —confesó ella, esperando lo que habría de seguir.

—¿Por qué permaneces entre sus discípulos, entonces?

Los ojos de Damini resplandecieron, en tanto exclamaba:

—¿Por qué? Porque no he venido por mi gusto. Todo el mundo conoce mi poca fe. ¿Por qué me habéis retenido atada de pies y manos en esta celda de devoción?

—Ahora hemos decidido —dijo Satish— que si quieres irte a vivir a casa de tus padres te pagaremos todos los gastos.

—¿Verdaderamente? ¿Lo habéis decidido?

—Sí.

—¡Pues yo no!

—¿Por qué? ¿En qué te incomoda eso?

—¿Soy yo un peón del juego del Maestro para que sus fieles me lleven de un lado a otro?

Satish quedó mudo.

—No he venido —continuó Damini— para agradar a sus fieles. ¡Y no voy a irme por vuestra orden sólo porque no tengo la dicha de agradaros!

Se cubrió el rostro con las manos y estalló en sollozos, mientras corría hacia su habitación y la cerraba de un portazo.

El ruido de la resaca sobre la playa lejana llegaba en alas de las brisas del sur, como suspiros desesperados que ascendieran del corazón mismo de la Tierra hacia los vigilantes racimos de estrellas.

Me pasé la noche errando por las calles oscuras y desiertas de la aldea.

Rabindranath Tagore

IV

El Mundo de la Realidad había asaltado resueltamente y sin tregua el Paraíso Místico, dentro del cual había intentado retenernos el Maestro llenando sin cesar la copa del Símbolo con el néctar de la Idea. Ahora, el choque de la realidad con el símbolo amenazaba volcar la copa y desparramar en el polvo su contenido de emoción. El Maestro no era ciego ante el peligro.

Satish ya no era él mismo. Como un barrilete cuyo nudo regulador hubiera desaparecido se hallaba muy alto aún en el cielo, pero podía iniciar de un momento a otro su descenso en espiral hacia el suelo. El rigor exterior de sus ejercicios de devoción no había disminuido todavía, pero quien lo observaba de cerca veía la revelación de la debilidad que vacila.

En cuanto a mi estado de espíritu, Damini no dejó nada por adivinar. Cuanto más advertía el temor en el rostro del Maestro, y el dolor en el de Satish, más se hacía seguir de mí como por un perrito.

Las cosas concluyeron por ir tan lejos que Damini, cuando hablábamos con el Maestro, aparecía a veces en el umbral de la puerta, y nos interrumpía con un:

—Srivilas Babu, ¿quieres venir?

Y no condescendía siquiera a decir para qué me necesitaba.

El Swami me miraba, Satish me miraba, yo vacilaba un momento entre ellos y ella, después miraba la puerta y en un abrir y cerrar de ojos ya estaba del otro lado de la barrera, fuera de la pieza. Después de mi salida, intentaban ellos reanudar la conversación; pero el esfuerzo del intento prevalecía sobre la conversación, que se detenía.

Todo parecía desorganizarse en torno nuestro. La antigua cohesión había desaparecido. Satish y yo nos habíamos convertido en los pilares de la secta. El Maestro no podía renunciar a ninguno de nosotros dos sin combatir. Así que se atrevió una vez más a hacerle proposiciones a Damini.

—Madrecita —le dijo—, se aproxima el momento de afrontar la parte más ardua de nuestro viaje. Sería mejor que te volvieras.

—¿Adónde?

—A tu casa, a casa de tu tía.

—No puede ser.

—¿Por qué? —preguntó el Swami.

—En primer lugar —dijo Damini— porque no es mi tía. ¿Por qué tendría que soportar el fardo de mi persona?

—Nos encargamos de todos tus gastos.

—Los gastos no constituyen el único fardo. No forma parte de los deberes de mi tía el tomar sobre sus hombros la tarea de ocuparse de mí.

—Pero —insistió el Swami, desesperado— ¿puedes quedarte así conmigo, eternamente?

—Nunca me han permitido —replicó Damini con tono glacial— asumir la responsabilidad de pensarlo. Me han hecho sentir muy bien que yo no tenía ni hogar, ni bienes, ni nada que pudiera decir mío. Por eso mi fardo es tan duro de soportar. Te agradó aceptarlo. ¡No lo descargues ahora sobre otro! Y Damini se alejó.

—¡Tened piedad, Señor! —suspiró el Swami.

Damini me había intimado para que le procurara algunos buenos libros bengalíes. Apenas necesito decir que, por "buenos", Damini no entendía de ninguna manera a los que pertenecían al género espiritual, que era el que prefería nuestra secta. Y es inútil perder el tiempo explicando que Damini no tenía ningún escrúpulo en pedirme un servicio. Ella había descubierto muy pronto que el medio más fácil de acordarme compensaciones era imponerme yugos. Ciertas especies de árboles ganan cuando son despojados de sus ramas inútiles. Así era yo cuando se trataba de Damini.

Así, pues, los libros que ordené fueron de un modernismo sin mezcla. El autor, evidentemente, se hallaba menos influenciado por Manú que por la humanidad. El cartero le trajo el paquete al Swami. Este levantó las cejas al abrirlo, y preguntó:

—¿Qué es esto, Srivilas?

Permanecí silencioso.

Con la punta del dedo el Maestro hojeó algunas páginas, y señaló para mi gobierno que nunca había tenido alta opinión del autor pues no había podido encontrar en sus libros el perfume espiritual conveniente.

—Si los lees con atención, señor —dije sin ambages—, encontrarás que esos escritos no carecen del perfume de la verdad.

El hecho es que la rebelión se incubaba en mí desde hacía mucho tiempo. ¡Ya estaba harto de las emociones místicas! Me daban náuseas las lágrimas vertidas sobre sentimientos abstractos en detrimento de los seres vivos.

El Maestro guiñó curiosamente los ojos al mirarme, antes de responder:

—Muy bien, hijo mío. Los leeré con atención.

Y estrechó los volúmenes debajo de su túnica.

Vi que pensaba no devolvérmelos.

Detrás de la puerta Damini debía de haber olfateado la cosa, porque se adelantó en el acto y me preguntó:

—¿No han llegado aún los libros que pediste para mí?

—Madrecita —dijo el Swami— esos libros no son buenos para ti.

—¿Cómo lo sabes?

El Maestro frunció el ceño.

—¿Cómo podrías estar mejor informada que yo?

—Porque he leído al autor, y tú no, quizás.

—En ese caso, ¿para qué necesitas leerlo de nuevo?

—¡Cuando tú, tú necesitas algo —estalló Damini— nada puede incomodarte! ¡Sólo yo debo no tener necesidades!

—Olvidas que soy un sannyasi, Damini. Mis deseos no pertenecen a este mundo.

—Olvidas que yo no soy sannyasi. Deseo leer esos libros. ¿Quieres tener la gentileza de dármelos?

El Swami sacó los volúmenes y me los tiró. Se los alcancé a Damini.

Por último, Damini me hizo venir para leerle en voz alta los libros que hubiera leído sola. Las lecturas se realizaban en la veranda sombreada que había delante de nuestras piezas. Satish pasaba y volvía a pasar, y se moría de ganas de unirse a nosotros; pero no podía hacerlo sin ser invitado.

Un día, mientras leíamos un pasaje humorístico, Damini rió hasta las lágrimas, Se celebraba entonces una gran fiesta en el templo, y suponíamos que Satish estaría allí. Pero oímos que se abría una puerta, y Satish apareció de improviso y vino a sentarse a nuestro lado.

La risa de Damini se detuvo bruscamente. Yo también me sentí molesto. Hubiera querido mucho decirle algo a Satish, pero me faltaban las palabras y seguí dando vuelta las hojas en silencio... Él se levantó y nos dejó tan bruscamente como había llegado. Ese día, nuestra lectura se detuvo en ese punto.

Satish debía haber comprendido que si él envidiaba la ausencia de reserva entre Damini y yo, lo que yo le envidiaba era precisamente su aspecto exterior. Ese mismo día Satish imploró del Maestro el favor de partir en excursión solitaria a lo largo de la costa, con la promesa de estar de regreso al cabo de una semana.

—Muy bien, hijo mío —respondió el Swami con entusiasmo.

Satish partió. Damini no me reclamó para otras lecturas, no pidió nada más. Y ya no volvió a casa de sus amigas, las mujeres del vecindario. Se quedaba en su casa, con las puertas cerradas.

Así pasaron algunos días. Una tarde en la que el Maestro hacía la siesta, mientras yo, sentado en la veranda, escribía una carta, apareció Satish repentinamente. Sin mirarme se dirigió rectamente hacia la puerta de Damini, golpeó y llamó:

—¡Damini!

Esta salió en el acto. Su mirada interrogadora encontró a un Satish extrañamente transformado; parecido a un navío abatido por la tempestad, con la arboladura rota y las velas hechas jirones. Tenía los ojos extraviados, los rasgos tensos, los cabellos en desorden y las ropas polvorientas.

—Damini —dijo Satish—, te he pedido que nos dejes. Estaba equivocado. Te ruego que me perdones.

—¡No, no, no digas eso! —exclamó Damini, juntando las manos.

—Perdóname —repitió él—. No volveré a dejarme dominar jamás por el orgullo de creer que tengo el derecho de tomarte o dejarte según mis exigencias espirituales. Te prometo que no volveré a cometer ese pecado. Pero prométeme una cosa.

—Ordena —dijo Damini, inclinándose con humildad.

—¡Únete a nosotros y no te hagas a un lado!

—Me uniré a vosotros —dijo Damini—. No quiero pecar más.

Luego volvió a hacer una profunda reverencia para tomar el polvo de sus pies, y repitió:

—¡No quiero pecar más!

V

La piedra había vuelto a ablandarse. El radiante deslumbramiento de Damini no se había atenuado, pero había perdido su quemante ardor. Su belleza se prodigó de nuevo en el culto, el ritual, los servicios cotidianos. Nunca estaba ausente de los cantos del kirtan, ni de las lecturas y discursos del Maestro. También su ropa había sufrido un cambio. Había vuelto al castaño dorado del simple tussor,[19] y cada vez que la veía me parecía frescamente adornada.

La prueba más dura para ella era su relación con el Maestro. Cuando le entregaba sus deberes, me era posible captar el resplandor agudo de la irritación severamente reprimida a través de sus párpados entornados. Sé muy bien que no podía soportar las órdenes del Maestro, pero su victoria sobre sí misma era tan completa que el Swami se armó de valor y hasta renovó sus objeciones contra el tono deplorable del autor bengalí tan ultrajantemente moderno. Al día siguiente, al lado de su asiento

---

[19] El gusano de seda del tussor es una variedad cuyo cepillo se utiliza cuando la mariposa ha volado. Por lo tanto, no muere cuando devanan la seda. Se considera que la seda del tussor conviene muy particularmente a las ropas que se llevan en las ceremonias del culto.

había un ramo de flores y, debajo, las hojas rotas de los libros condenados.

Había advertido yo siempre que las atenciones constantes de Satish hacia el Swami eran particularmente intolerables para Damini. Aún ahora, cuando el Maestro le pedía a Satish algún servicio personal, Damini intentaba precipitarse delante de Satish para prevenirle. Pero no siempre le era posible, y en tanto Satish soplaba las brasas y las reanimaba para encender la pipa del Maestro, a Damini le costaba un gran esfuerzo contenerse, mientras se repetía muy bajo: "¡No quiero pecar más, no quiero pecar más!"

Pero Satish no encontró lo que había buscado. La primera vez que Damini abandonó su yo, no vio más que la belleza del abandono y no la del yo que se ocultaba detrás. Esta vez, Damini se volvió tan verdadera para él que eclipsó todos los acentos de la música y todos los pensamientos de la filosofía. Su realidad era tan dominadora, que Satish ya no podía perderse por más tiempo en sus visiones, ni pensar solamente en ella como en un aspecto de la Mujer Universal. Ya no era ella quien destacaba para él, como antes, las melodías que llenaban su alma; esas melodías se habían vuelto parte integrante de la aureola que rodeaba la persona de Damini.

Quizás no deba yo descuidar el detalle secundario de que Damini ya no tenía necesidad de mí. Sus exigencias para conmigo habían cesado repentinamente. En cuanto a aquéllos de mis colegas que encantaban sus ocios, el milano estaba muerto, la langosta se había escapado, y había regalado al pequeño mastín, cuyas maneras habían ofendido la delicadeza del Maestro. Así, privado de compañía y de ocupaciones, volví a ocupar mi viejo lugar al lado del Maestro, aunque todas esas historias, charlas y cantos, me fueran ya tan profundamente antipáticos.

VI

El laboratorio del espíritu de Satish no dependía de ninguna ley exterior. Un día en que él preparaba para mi provecho una extraña mezcla de filosofía antigua y de ciencia moderna, en la que la razón y la emoción se hallaban confusamente mezcladas, Damini nos interrumpió, jadeante:

—¡Oh! ¡Venid pronto, pronto!

—¿Qué pasa? —exclamé, levantándome de un salto.

—¡Creo que la mujer de Nabin se ha envenenado!

Nabin era un vecino, uno de los cantores regulares de nuestros kirtans, un ferviente discípulo del Swami. Nos precipitamos tras de Damini, pero cuando llegamos la mujer ya había muerto.

Pudimos reconstituir la historia. La mujer de Nabin había recogido en su casa a su joven hermana huérfana. Esta era una muchacha muy linda, y la última vez que había venido el hermano de Nabin se había prendado de ella, al punto de que el matrimonio se concertó rápidamente. Fue un gran alivio para la hermana mayor, porque como era de alta casta no les resultaba fácil encontrar un marido conveniente. El día de las bodas se había fijado para algunos meses después, una vez que el novio hubiera terminado sus estudios universitarios. En el ínterin, la mujer de Nabin descubrió que su marido había seducido a su hermana. Exigió ella que él se casara con la desdichada joven, y él se dejó persuadir fácilmente. Acababa de realizarse la ceremonia nupcial, y la hermana mayor se había suicidado.

No había nada que hacer. Regresamos lentamente para encontrar la concurrencia habitual en torno del Maestro. Le cantaron los kirtans, y después, en éxtasis como de costumbre, se puso a bailar con los otros.

Esa noche había luna llena. Un ramo de champak dominaba un rincón de la terraza. En el linde de la sombra, bajo el follaje espeso, Damini estaba sentada, perdida en una ensoñación silenciosa. Satish, detrás de ella, recorría nuestra veranda de un lado a otro. Yo tenía la manía de escribir mi diario, y lo hacía solo en mi habitación, con la puerta completamente abierta.

Esa noche, el kokil[20] no podía dormir; agitadas por las brisas del sur también las hojas hablaban en voz

alta, y el claro de luna que relucía sobre ellas, les sonreía en respuesta. Algo debió emocionarse en Satish porque se dirigió silenciosamente hacia la terraza y se mantuvo cerca de Damini... Esta volvió la cabeza, se arregló el sari sobre la nuca[21] y se levantó para partir. Satish la llamó:

—¡Damini!

---

[20] Especie de cuclillo.
[21] En señal de respeto.

Ella se detuvo en el acto, se volvió hacia él, implorante, y con las manos juntas dijo:

—Maestro, ¿puedo hacerte una pregunta?

Satish la miró con aire interrogador, pero no contestó.

Damini continuó:

—Dime la verdad: ¿en qué le será útil al mundo lo que buscáis día y noche? ¿A quién habéis podido salvar?

Salí de mi habitación para ir a la veranda.

Damini continuaba:

—Siempre insistís sobre la pasión, la pasión... ¿No acabáis de verla hace un instante bajo su luz verdadera? No tiene ni religión ni deber; no respeta ni esposa, ni hermano, ni el santuario del hogar; no conoce ni piedad, ni modestia, ni compromisos, ni pudor. ¿Qué habéis descubierto para salvar a los hombres del infierno de esa pasión desvergonzada, cruel, asesina de alma?

No pude contenerme, y exclamé:

—¡Oh, sí! ¡Hemos hecho una invención maravillosa! ¡Barrer a la mujer de nuestro territorio, de manera de perseguir a la pasión con toda seguridad!

Sin prestar atención a mis palabras, Damini continuó, dirigiéndose a Satish:

—¡Tu Maestro no me ha enseñado nada! ¡Nunca pudo darle a mi alma un solo instante de paz! El fuego no puede extinguir al fuego. El camino al cual él conduce a sus fieles no lleva ni al valor, ni al dominio de sí, ni a la paz. Toda la sangre del corazón de la pobre mujer que acaba de morir ha sido succionada por la furia de la Pasión que la ha matado. ¿No has visto el rostro asqueroso de la suicida? ¡Oh Maestro, por el amor de Dios te imploro que no me sacrifiques a esa Furia! ¡Sálvame, porque si alguien puede salvarme eres tú!

Los tres permanecimos callados. El silencio en torno de nosotros era tan punzante que la vibración monótona del canto de las cigarras parecía el estremecimiento pasmado del cielo,

Satish fue el primero en romperlo, dirigiéndose a Damini:

—¿Qué quieres que haga por ti?

—Sé mi Gurú. No quiero ningún otro. ¡Dame una fe más alta que ésta, una fe que me salve! ¡No dejes que me destruya, ni a la Divinidad que hay en mí!

Se irguió Satish. y contestó:

—¡Qué así sea!

Damini se prosternó a sus pies hasta tocar el suelo con la frente, y permaneció largo tiempo en esta actitud de respeto, llena de adoración, murmurando:

—¡Maestro, mi Maestro! ¡Sálvame! ¡Sálvame del pecado!

VII

Nuevamente se produjo una enorme sensación en nuestro mundo, y un huracán de vituperios en la prensa. ¡Porque Satish había vuelto a renegar!

Había comenzado por proclamar en tono de desafío su falta de creencia activa en toda religión y en toda convención social. Después, con la misma vehemencia, había proclamado su creencia activa en todos los dioses y diosas, ritos y ceremonias, sin ninguna exclusión. Ahora, para terminar, arrojaba al viento, como un montón de inmundicia, toda clase de cultos religiosos e irreligiosos; y su retirada se hacía tan simple y apaciblemente que ni siquiera se podía adivinar en qué creía y en qué no creía ya. Había vuelto a sus buenas obras de antes, es verdad, pero esta vez sin ningún espíritu agresivo.

Los periódicos agotaban todas sus posibilidades de sarcasmos y de virulencia acerca de otro acontecimiento: mi matrimonio con Damini. Quizás nadie penetre nunca el misterio de ese matrimonio. ¡Qué me importa!

CUARTA PARTE

Srivilas

I

Aquí existía antes una fábrica de índigo. Ahora sólo se ven algunas piezas destartaladas que pertenecían a la antigua casa. El resto es polvo. Al volver de cumplir los últimos ritos para Damini encontré en mi camino ese lugar, que no sé por qué me fascinó, y allí me quedé solo.

Una avenida de árboles sissu llevaba desde el borde del río hasta la puerta de la fábrica. Dos pilares rotos señalaban la puerta de entrada, y los tapiales del jardín se levantaban de tanto en tanto. La única otra huella del pasado era el montículo de ladrillos sobre la tumba de algún viejo servidor musulmán de la fábrica. A través de las fisuras habían crecido arbustos en flor. Se balanceaban abiertos bajo la brisa y se burlaban de la muerte, como vírgenes dichosas que, sacudidas por la risa, se oponen al esposo en la noche de bodas. Las orillas del estanque del jardín se habían hundido y dejaban escapar el agua en numerosos arroyuelos, y el fondo servía de lecho a una planta de cilantro. Sentado al borde del camino, sentía cómo se me subía a la cabeza el perfume de las flores de cilantro.

Me quedé soñando... La fábrica, de la que sólo quedan esas ruinas como el esqueleto de una bestia muerta al borde del camino, antes estaba llena de vida. Las olas tempestuosas del placer y del dolor parecían escaparse de ella interminablemente. ¡El dueño —un inglés de espíritu terriblemente práctico, que sabía transformar en azul índigo la sangre de sus cultivadores extenuados— era un ser formidable comparado con la pobre criatura que soy yo! Y, sin embargo, sin turbarse, nuestra madre Tierra ciñó su verde manto y se puso a la obra para recubrir lo que él había desfigurado con su actividad; y ahora sólo son necesarios unos pocos toques para hacer desaparecer los últimos vestigios.

Esta reflexión, no muy novedosa por lo demás, no era la que rumiaba entonces. "¡No, no! —pensaba mi espíritu indignado— ¡una aurora no sucede a otra sólo para ver cómo se unta el suelo con yeso fresco![22] El inglés ha sido barrido con todas sus abominaciones como si fuera un puñado de polvo, sin duda... ¡Pero mi Damini!"

Ya sé que hay muchos que no compartirán mi opinión. La filosofía de Shankaracharya no perdona a nadie. El mundo entero es Maya, gota de rodo que tiembla sobre la hoja de loto. Pero Shankaracharya era sannayasi. "¿Quién es su esposa? ¿Quién su hijo?" Hacía estas preguntas sin comprender su sentido. Como yo

---

[22] En Bengala, las chozas hechas con ramas y arcilla se limpian cada mañana por la dueña de casa, quien aplica sobre el zócalo y el suelo una mezcla de arcilla y de agua.

no soy sannayasi sé perfectamente que Damini no era una gota de rocío que se desvanece sobre la hoja del loto.

Pero me decían que así hablan los jefes de familia. Es posible. No son más que jefes de familia y sólo han perdido el ama de su casa. Su hogar y su ama son Maya, sin duda, y obra de sus manos; y cuando llega el fin toda escoba es bastante buena para barrer los despojos. Yo no he tenido casa que me perteneciera el tiempo suficiente para hacerlo, y no tengo ningún temperamento de sannayasi. Eso es lo que me ha salvado. Por eso, la Damini que conquisté no se volvió mi ama de casa, ni Maya. Ella permaneció siempre fiel a sí misma. ¿Quién se atreve a llamarla una sombra?

Si sólo la hubiera conocido como ama de mi casa, gran parte de esta historia no se habría escrito nunca. Pero no vacilo en anotar aquí toda la verdad, indiferente al qué dirán, porque conocí a Damini bajo una relación más noble, más verdadera. Si mi suerte hubiera sido arrastrar como tantos otros la vida cotidiana con Damini, la rutina de la toma de hábitos, del sustento y del reposo me hubiese bastado, así como les basta a ellos. Y, después de su muerte, quizás yo hubiera exhalado un suspiro, exclamando con Shankaracharya: "¡Qué diverso es el mundo de Maya!", y luego habría cedido apresuradamente a las sugestiones de una tía o de algún otro pariente venerable y bien intencionado, deseoso de procurarme una nueva muestra de su variedad y me hubiese casado de nuevo.

Pero yo no me había adaptado a la vida doméstica como a un viejo zapato cómodo. Desde el comienzo había renunciado a toda esperanza de felicidad... ¡No, no, es decir demasiado, no era yo tan inhumano! ¡Esperaba la felicidad, es cierto, pero no me arrogaba el derecho de pretenderla! ¿Por qué? Porque fui yo quien persuadió a Damini que nos casáramos... "¡No nos fue acordada la visión del buen augurio",[23] al resplandor rosado de las lámparas de fiesta, entre los acentos embriagados de las caramillos de la boda! ¡Nos casamos a plena luz, con los ojos muy abiertos!...

---

[23] En un momento determinado de la ceremonia nupcial, se coloca un biombo rojo en torno de los recién casados y se les dice que se miren. Esa es la visión del buen augurio.

II

Al abandonar a Lilananda Swami debimos preocuparnos por nuestro sustento, así como por un techo que nos diera abrigo. Hasta entonces habíamos corrido más bien el peligro de indigestión que el de inanición, gracias a la hospitalidad con que nos abrumaban todos los devotos del Maestro allí donde íbamos con él. Habíamos casi olvidado que para ocupar una casa era necesario haberla adquirido, o construido, o alquilado al menos, a tal punto estábamos acostumbrados a dejar a cargo de otros el cuidado de proveerla, y a pensar que ella no exigía más que el deber de instalarnos lo más cómodamente posible.

Por último, recordamos que el tío Jagamohan había legado su parte de casa a Satish. Si el testamento hubiera quedado en manos de Satish, ya habría naufragado haría largo tiempo entre las olas de la Emoción. Pero me encontré con él en mi poder, porque yo era el albacea. Sobre el legado pesaban tres condiciones, y a mí me incumbía la responsabilidad de su ejecución. Ningún culto religioso debería celebrarse dentro de la casa; la planta baja debía servir de escuela para los hijos de los mercaderes de cuero; y, después de la muerte de Satish, toda la fortuna debería emplearse en bien de esa comunidad. La piedad era la única cosa que el tío Jagamohan no había podido tolerar. A sus ojos era peor mancha aún que el espíritu mundano, y es probable que las cláusulas que trataba burlonamente, en inglés, de "precauciones sanitarias", eran a juicio suyo una salvaguardia contra la piedad excesiva que prevalecía en la mitad contigua de la casa.

—¡Vamos! —le dije a Satish—. Vayamos a tu casa de Calcuta.

—Todavía no estoy listo —replicó Satish.

No comprendí.

—Hubo un tiempo —me explicó él— en el que sólo me apoyaba sobre la razón, para descubrir en seguida que la razón no podía soportar todo el peso de la vida. Hubo otro tiempo en el cual me apoyé sólo en la emoción, para descubrir que era un abismo sin fondo. La razón y la emoción eran mías, ¿comprendes? El hombre no puede apoyarse solamente sobre sí mismo. No me atrevo a volver a la ciudad antes de haber encontrado mi sostén.

—¿Qué sugieres, pues?

—Idos vosotros dos a Calcuta. En cuanto a mí, quiero errar por un tiempo a la ventura. Me parece entrever la orilla. Si me permito perderla de vista ahora, es posible que la pierda para siempre.

Apenas estuvimos solos, Damini me dijo:

—No puede ser. Si se va solo, ¿quién cuidará de él? ¿No recuerdas cómo vino la última vez que partió? ¡Sólo pensarlo me llena de terror!

¿Diré la verdad? La ansiedad de Damini me hirió como el dardo de un zángano y me dejó después el lacerante de los celos. ¿No había Satish errado por esos mundos casi dos años después de haber perdido a su tío? ¿Y se había muerto por eso? No pude impedirme el preguntarlo en voz alta y dejar adivinar mi dolor.

—Lo sé, Srivilas Babu —replicó Damini—. Hace falta mucho para matar a un hombre, pero ¿por qué sufrirá él mientras nosotros dos podamos impedirlo?

¿Nosotros dos? ¡Así que la mitad era el pobre y miserable Srivilas! ¡Claro que la ley del mundo es que para evitar los sufrimientos de algunos sufran otros! Todos los habitantes de la tierra pueden dividirse en esas dos categorías, y Damini había descubierto cuál me correspondía. Había una compensación, es verdad, porque ella también se ubicaba en la misma.

Fui a buscar a Satish, y le dije:

—Está bien. Posterguemos nuestra partida para la ciudad. Podemos permanecer algún tiempo en este lugar oscilante, al borde del agua. Se dice que está expuesto a la visita de los fantasmas. De ese modo no se acercarán los visitantes humanos.

—¿Y vosotros? —preguntó Satish.

—Nos disimularemos del mejor modo posible, como los fantasmas.

Satish miró a Damini, y en sus ojos se leía, quizás, una sospecha de espanto.

Damini juntó las manos, y dijo:

—Te he aceptado por gurú. ¡Cualesquiera hayan sido mis pecados, que no me priven de servirte!

III

Debo confesar que el frenesí con el cual Satish persistía en su búsqueda espiritual iba más allá de mi comprensión. En otra época lo hubiera tomado a la chacota. Pero ya había dejado de reír. Satish perseguía el fuego, no un fuego fatuo. Cuando me di cuenta del ardor que lo consumía, los antiguos argumentos de la escuela de Jagamohan se negaron a salir de mis labios. ¿Para qué descubrir, como Herberto Spencer, que el sentido místico se originó, quizás, en alguna superstición de fantasmas, o que su mensaje puede reducirse lógicamente al absurdo? ¿No veíamos que Satish ardía, que todo su ser estaba en llamas?

Quizás su condición se destacara más cuando sus jornadas transcurrían en un círculo continuo de exaltación, de danzas, de cantos, de servicios al Maestro; todo su esfuerzo espiritual se agotaba entonces en el gasto del momento. Desde que volvió a caer en la quietud exterior su alma no quiso ser reprimida. Ya no se trataba de buscar satisfacciones emotivas. En él, la lucha interior por su realización era tan formidable que temíamos mirar su rostro.

Por último, me fue imposible callar.

—Satish —le dije—, ¿no crees que sería mejor ir a ver a algún gurú? Podría enseñarte el camino y facilitar tu progreso espiritual.

Sólo conseguí contrariarlo.

—¡Oh, Visri, cállate!—exclamó, irritado—, ¡Cállate, por el amor de Dios! ¿Es necesario volverlo más fácil? Sólo la ilusión es fácil. ¡La verdad es siempre difícil!

—Pero, ¿no sería mejor —insistí—, que un gurú te guiase por el camino de la Verdad?

—¿No comprenderás nunca —gimió, casi fuera de sí—, que no corro detrás de una verdad geográfica? Aquel-que-Vive-Arriba sólo puede llegar a mí por mi propio camino. El camino del gurú sólo lleva a la puerta del gurú.

¡Cuántos principios opuestos no había yo escuchado enunciar por boca del mismo Satish! Yo, Srivilas, antes discípulo favorito de Jagamohan, que me hubiera amenazado con el bastón si lo hubiese llamado Maestro, ¿no había masajeado las piernas de Lilananda Swami a instancias de Satish? ¡Y no había pasado una semana y ya me predicaba en ese tono! No me atreví a sonreír, y mantuve un silencio solemne.

—Ahora —continuó Satish—, he comprendido por qué, según nuestras Escrituras, vale más morir en el propio dharma que buscar un destino espantoso tomando el dharma de otros. Todo lo restante puede aceptarse como un don, pero si nuestro dharma no es el propio no nos salva, sino que nos mata. No puedo recibir a mi Dios como limosna de nadie. Si lo encuentro seré yo quien lo ha ganado. Si no, mejor es morir.

He nacido polemista, y no cedí tan fácilmente.

—Un poeta —dije—, puede encontrar un poema en su propio fondo. Pero el que no es poeta debe recibirlo forzosamente de los otros.

—Yo soy poeta —dijo Satish, sin pestañear.

Había terminado el debate. Me alejé.

Satish no tenía horas fijas para comer, ni tampoco para dormir. Nadie sabía dónde encontrarlo. Su cuerpo adquiría la delgadez aguzada de un cuchillo demasiado bien afilado. Ese estado de cosas no podía prolongarse mucho. Sin embargo, yo no encontraba el valor suficiente para intervenir. Pero Damini fue incapaz de soportarlo más. Estaba exasperada contra los caminos de Dios, ¡Él no tenía poder contra quienes querían ignorarlo! ¿Era justo de Su parte el vengarse en quien se postraba a Sus pies sin defensa? Cuando Damini estaba irritada contra el Swami, sabía cómo hacérselo sentir. ¡Pero, ay, no sabía cómo hacerle sentir a Dios lo que ella misma sentía!

En todo, casi no economizaba esfuerzo alguno para que Satish no descuidara sus necesidades materiales. Sus invenciones para conseguir que ese ser extravagante se conformase a las leyes domésticas eran ingeniosas e innumerables. Durante un tiempo, Satish no objetó sus tentativas. Pero una hermosa mañana pasó a pie el río hasta un banco de arena que flanqueaba la orilla opuesta, y desapareció.

El sol estaba en su cénit; luego se inclinó poco a poco hacia occidente, pero Satish no aparecía. Damini lo esperó en ayunas; después, incapaz de contenerse, puso algunos alimentos sobre una bandeja y atravesó el río penosamente, con el agua hasta las rodillas, hasta llegar por fin al banco de arena.

Era una amplia extensión, en la cual no se percibía ninguna criatura viviente. La luz era cruel, y más crueles aún las olas de arena ardiente que se sucedían como hileras de centinelas agazapados que custodiaban el vacío. De pie sobre el borde de esa palidez sin límites, donde ningún llamado podía despertar eco alguno, Damini sintió que le faltaba el corazón. Se hubiera dicho que el universo conocido había sido borrado, reducido a la lóbrega vacuidad incolora primitiva. Una inmensa negación parecía hallarse extendida a sus pies. Ni ruido, ni movimiento, ni el rojo de la sangre, nada más que el triste color castaño de la arena. Era el rictus sin labios de algún cráneo gigante, la caverna sin lengua de sus mandíbulas abiertas como en una sed eterna hacia los cielos de llama.

Mientras se preguntaba hacia dónde dirigirse, su mirada cayó sobre las débiles huellas de unos pasos; las siguió, caminando sobre la superficie ondulada hasta un estanque donde se detenían, al extremo de un montículo de arena. A lo largo del borde húmedo se veía la red delicada que habían dejado las patas de innumerables pájaros acuáticos. Satish estaba sentado a la sombra del montículo de arena.

El agua tenía un color azul, el más oscuro de los azules. Las becazas, atareadas, hurgaban la orilla con el pico, moviendo la cola y agitando sus alas blancas y negras. A alguna distancia, una banda de patos silvestres hacía resonar sus cuacs vigorosos y no terminaba de alisarse las plumas. Cuando Damini llegó a lo alto del montículo, que formaba una de las orillas del estanque, los patos echaron a volar en bandada, con gran clamor y batir de alas.

Satish volvió la cabeza y vio a Damini.

—¿Por qué has venido? —exclamó.

—Te traigo comida —dijo Damini.

—No necesito nada —replicó él.

—Es muy tarde —se atrevió Damini.

—Nada, absolutamente nada -repitió Satish.

—Entonces permíteme esperar un poco -dijo ella, tímidamente-. Quizás más tarde...

—¡Ah! ¿Por qué quieres...? —se atropelló a decir Satish. Pero su mirada cayó sobre el rostro de Damini, y se detuvo bruscamente.

Damini no agregó una sola palabra. Con la bandeja en la mano volvió sobre sus pasos a través de la arena que resplandecía en torno de ella como la pupila de un tigre.

En el rostro de Damini eran siempre más raras las lágrimas que los fulgores de los relámpagos. Pero lloraba cuando la encontré esa noche, sentada en el piso, con los pies estirados delante de ella. Al verme, sus lágrimas parecieron abrirse paso a través de un obstáculo y se convirtieron en un torrente. No puedo decir qué sentí. Me acerqué a ella y me senté a su lado.

Cuando se hubo calmado un poco, le pregunté:

—¿Por qué te inquieta tanto la salud de Satish?

—¿Por qué me voy a inquietar, pues? —respondió ella simplemente—. Él debe pensar en todo lo demás; en ese sentido, no puedo comprender nada, ni ayudarlo.

—Pero piensa —continué— que cuando un hombre dirige toda la energía de su alma en una misma dirección, sus necesidades corporales se reducen consecuentemente. Por esa razón, en presencia de las grandes alegrías o de los grandes dolores, el hombre no tiene ni hambre ni sed. El estado espiritual de Satish es tal que no sufrirá nada, aunque no vuelvas a preocuparte por él.

—Soy mujer —replicó Damini—. Nuestro dharma es edificar el cuerpo con nuestro cuerpo, con nuestra vida misma. Esa es la creación propia de la mujer. Por eso, cuando las mujeres vemos sufrir los cuerpos, nuestra alma se niega a ser consolada.

—Por eso —continué— los que se preocupan por las cosas del alma parecen no tener ojos para vosotras, que sólo sois las guardianas del cuerpo.

—¿Verdaderamente? —exclamó Damini, animándose—. Di más bien que la visión de sus ojos es tan maravillosa que lo vuelve todo del revés.

—¡Ah, mujer —me dije—, eso es lo que te fascina! Mi querido Srivilas, la próxima vez que renazcas, arréglatelas de manera de renacer en el mundo del "todo del revés."

IV

Después de la herida que le infligió a Damini aquel día, Satish no pudo olvidar la tortura que leyó en sus ojos. Durante los días siguientes sufrió el purgatorio de atestiguarle una atención especial. Hacía mucho tiempo que no conversaba con nosotros tan libremente. Ahora preguntaba por Damini, para hablar con ella. Sus experiencias espirituales y las luchas por las que atravesaba eran el tema de sus conversaciones. Damini nunca había sentido su indiferencia como sentía esa solicitud. ¡Estaba segura de que no podía durar, que el rescate sería demasiado costoso! Un día u otro Satish advertiría el estado de cuentas. ¡Y se produciría la quiebra! Damini sentía crecer su inquietud y vergüenza a medida que Satish se volvía cada vez más regular en sus comidas y descanso, como cuadra a todo buen jefe de familia.

Se hubiera podido creer que la habría aliviado la rebelión de Satish. Parecía decirle: "¡Tenías mucha razón al dejarme de lado! ¡Te castigas a ti mismo, cuidando de mí, y no puedo soportarlo!" Y concluir: "Debo vincularme con los vecinos y hacer de modo de ausentarme de la casa".

Una noche nos despertó un clamor repentino:

—¡Srivilas! ¡Damini!

Ya era de medianoche. Pero Satish no pensaba en la hora. Ignorábamos cómo transcurrían sus noches. Pero su manera de proceder parecía haber puesto en fuga a los mismos fantasmas.

Sacudimos nuestro sopor, salimos de nuestras piezas respectivas, y encontramos a Satish de pie sobre las losas que había delante de la casa, solo en las tinieblas.

—¡He comprendido! —exclamaba—. Ya no dudo.

Damini se sentó sin ruido sobre el pavimento y Satish siguió distraídamente su ejemplo. Yo los imité.

—Si persisto en la dirección desde la cual Él mismo viene hacia mí —decía Satish— no haré más que alejarme cada día más de él; sólo si voy en dirección opuesta podemos encontrarnos.

Contemplé en silencio sus ojos resplandecientes. Lo que decía era innegable, considerado como verdad geométrica. Pero, ¿qué quería decir?

—Él ama la forma —proseguía Satish—; por eso desciende sin cesar hacia la forma. Nosotros no podemos vivir sólo por la forma, y por eso Él hace que nos dirijamos hacia Su Ser sin Forma. Él es libre, por eso se burla de los límites. Nosotros estamos atados, por eso encontramos nuestra dicha en la libertad. Todo nuestro mal proviene de no poder comprenderlo.

No puedo decir si Damini comprendía las palabras de Satish, pero comprendía a Satish. Permanecía inmóvil, con las manos cruzadas sobre las rodillas.

—¡Escuchaba Su canto en medio de la noche —continuaba Satish— y, como un relámpago, todo se volvió límpido para mí! ¡Entonces no pude callarlo y los llamé! Intentaba modelarlo a mi gusto, y por eso permanecía en la privación... ¡Oh Destructor

Supremo, Rompedor de Vínculos! ¡Que en Ti sea yo triturado en átomos durante la eternidad! ¡Los lazos no han sido hechos para mí, por eso no pueden retenerme! ¡A Ti los lazos, por eso vives eternamente ligado a Tu creación! ¡Oh Eterno! ¡Eres mío, mío, mío!...

Y Satish se perdió en la noche, rumbo al río.

V

La jornada había sido de una pesadez sofocante. Por la noche estalló una violenta tormenta. Nuestras piezas daban a una veranda, en la cual ardía siempre una luz. El viento la extinguió. El río, bajo el azote de la tempestad, no era más que olas espumosas, y un verdadero diluvio de agua caía desde las nubes. El rugir de las olas a nuestros pies, y la caída de torrentes de agua manados del cielo, eran como los timbales que acompañan el caos orgiástico de los dioses. Nada era visible de la agitación ensordecedora y formidable que resonaba en las profundidades tenebrosas y sacudía al cielo con estremecimientos de terror, como a un niño ciego. El grito penetrante de algún gigante desamparado parecía salir de las espesuras de bambúes. En los bosquecillos de mangos resonaba el crujido y estrépito de los árboles que se rompían. A través del esqueleto desnudo de nuestra casa descalabrada, las ásperas ráfagas aullaban sin descanso, como bestias furiosas.

En noches como esas, el espíritu humano salta de sus goznes. El huracán lo penetra y devasta, dispersa en desorden su mobiliario de convenciones, sacude en todos sentidos sus colgaduras de decoro y contención y produce revelaciones turbadoras. Yo no podía dormir. Pero, ¿para qué escribir los pensamientos que me asaltaban? No tienen relación con este relato.

—¿Quién es? —oí que exclamaba Satish de pronto.

—Soy yo, Damini. Las ventanas están abiertas y la lluvia entra a raudales en tu cuarto. Vengo a cerrarlas.

Mientras lo hacía, vio que Satish se había levantado y permanecía de pie, vacilante, hasta que salió de la habitación.

Damini volvió a su cuarto, y permaneció largo tiempo sentada sobre el umbral de la puerta. Nadie vino. El furor del viento crecía. No pudo permanecer más tiempo inactiva. Salió de la casa. Apenas era posible tenerse en pie. Los guardianes de los dioses parecían reprender a Damini y rechazarla, en tanto la lluvia buscaba desesperadamente insinuarse en los rincones y fisuras del cielo. Un relámpago hendió el firmamento en toda su amplitud, seguido de un trueno desgarrador, espantoso. Satish apareció de pie en la orilla. Por medio de un esfuerzo supremo, Damini lo alcanzó en un impulso tempestuoso, que venció a la ráfaga. Cayó postrada delante de él. Su grito cubrió el clamor del huracán.

—¡A tus pies juro que no quería pecar contra tu Dios! ¿Por qué me castigas así?

Satish permanecía silencioso.

—¡Empújame con el pie hasta el agua si quieres liberarte de mí! ¡Pero vuelve!

Satish volvió. Al regresar a la casa, dijo:

—La necesidad que tengo de Aquel a quien busco es tan grande, tan absoluta, que no necesito ninguna otra cosa. ¡Ten piedad, Damini, y deja que Le pertenezca!

Después de un instante de silencio, Damini respondió:

—Lo haré.

VI

Yo no sabía nada de eso; Damini me lo contó más tarde. Por eso, cuando por mi puerta abierta vi que las dos siluetas volvían a lo largo de la veranda para dirigirse a sus respectivas habitaciones, la desolación de mi destino cayó como un peso sobre mi corazón y me oprimió la garganta. Me levanté del lecho. Esa noche ya no pude dormir.

¡Qué otra Damini encontró mi mirada a la mañana siguiente! La danza demoníaca de la tormenta nocturna había dejado la huella de sus estragos sobre la desdichada. Sin saber nada de lo que había pasado, me sentí amargamente irritado contra Satish.

—¡Srivilas Babu! —me dijo Damini— ¿quieres llevarme a Calcuta?

Podía adivinar el significado de esas palabras para ella, y no le pregunté nada. Pero, en medio de mi tortura, sentí el bálsamo de un consuelo. Era bueno que Damini se desprendiera de allí. A fuerza de chocar contra la roca, la nave termina por romperse.

Al partir, Damini se inclinó delante de Satish y le dijo:

—He pecado gravemente a tus pies. ¿Puedo esperar el perdón?

Satish, con los ojos fijos sobre el suelo, replicó:

—Yo también he pecado. Primero he de purgar mi pecado, y luego reclamaré el perdón.

Durante el viaje vi claramente qué fuego devastador había estragado a Damini. Ese ardor se me contagió a tal punto que no pude contenerme y estallé en injurias contra Satish. Damini me detuvo, frenética.

—¡No te atrevas a hablar así en mi presencia! —exclamó—. ¡No puedes saber de qué me ha salvado! Sólo ves mi dolor. ¿No tienes ojos para ver lo que él ha sufrido a fin de salvarme? La beldad ha querido destruir a la belleza. ¡Y ha sido castigada como debía serlo! ¡Bien hecho! ¡Bien hecho!

Y Damini se golpeó el pecho con los puños cerrados y con tal violencia que debí impedirlo por la fuerza.

Esa noche, al llegar a Calcuta, dejé a Damini en casa de su tía y me fui a una pensión donde me conocían. Mis viejos amigos se sobresaltaron al verme.

—¿Has estado enfermo? —exclamaron.

El correo del día siguiente me trajo una carta de Damini.

—¡Ven a buscarme! ¡Aquí, no hay lugar para mí!

Parece que la tía no quería recibirla. Por la ciudad habían corrido toda clase de calumnias respecto de nosotros. El número de fiesta de los semanarios había aparecido poco después de nuestra separación de Lilananda Swami. Todos los instrumentos de nuestra ejecución habían sido aguzados. En nuestros Shastras está prohibido el sacrificio de los animales hembras. Pero ahora se trataba de sacrificios humanos, y parecía que una víctima femenina aumentaba el placer del sacrificador. Se evitaba hábilmente pronunciar el nombre de Damini, pero con no menor habilidad no se dejaba duda alguna acerca de la intención del acto. En todo caso, resultó que la casa de la tía de Damini fue de pronto muy pequeña.

Damini había perdido a sus padres. Yo tenía entendido que le quedaba un hermano. Le pregunté su dirección, pero ella sacudió la cabeza y dijo que era muy pobre. El hecho es que le preocupaba poner a su hermano en una situación embarazosa. ¿Y si por azar tampoco él tenía lugar en su propia casa?

—¿Dónde vas a vivir, pues? —me vi obligado a preguntarle.

—Voy a volver al lado de Lilananda Swami.

No me atreví a hablar en el acto, ¿Era ésa, pues, la última jugada cruel que el Destino le tenía reservada?

—¿El Swami te aceptará? —pregunté por fin.

—¡De todo corazón!

Damini comprendía a los hombres. Los embaucadores de sectas se alegran más de capturar discípulos que de captar verdades. Damini tenía mucha razón. En lo de Lilananda no faltaría lugar para ella. Pero...

—Damini —dije entonces— hay otro medio. Prométeme no enojarte y te lo voy a proponer.

—Di —replicó ella.

—¿Si te fuera posible pensar en casarte con un ser como yo...

—¿Qué dices, Srivilas Babu? —interrumpió Damini—. ¿Estás loco?

—Supongamos que sí —repuse—. A veces es posible resolver problemas insolubles por medio de la locura. La locura es como el tapiz maravilloso de las Mil y Una Noches. Puede elevarte por encima de las innumerables consideraciones mezquinas que obstruyen la vida cuotidiana.

—¿A qué llamas consideraciones mezquinas?

—Por ejemplo: ¿qué pensará la gente? ¿Qué nos depara el porvenir? etc., etc.

—¿Y las consideraciones vitales?

—¿A qué llamas vitales? —pregunté a mi vez.

—Esta, por ejemplo: ¿cuál será tu suerte si te casas con una persona como yo?

—Si es una consideración vital, me tranquilizo. Porque mi situación no puede ser peor. Cuando la fortuna está postrada, todo movimiento es una mejoría, aunque se limite a darse vuelta del otro lado.

Yo no creía, naturalmente, que Damini no hubiera recibido nunca telepáticamente noticias acerca de mi condición espiritual. Pero hasta ese momento las noticias no habían caído bajo la rúbrica: importantes. Al menos, no habían merecido que se las tomara en cuenta. Ahora se le exigía a Damini una acción precisa.

Ella permanecía perdida en una meditación silenciosa.

—Damini —le dije— no soy más que un hombre muy ordinario, menos que eso, porque no significo nada en el mundo. Creo que casarse o no casarse conmigo no es cosa que merezca tanta reflexión.

En sus ojos brillaron lágrimas.

—Si fueses un hombre ordinario no hubiera vacilado un solo instante —dijo.

Después de otro largo silencio, murmuró:

—Sabes cómo soy.

—Tú también sabes cómo soy —repliqué.

Y así fue examinada mi proposición, en tanto nuestro silencio desempeñaba un papel mucho más importante que nuestras palabras.

VII

La mayor parte de quienes en otro tiempo habían caído bajo el encanto de mi facundia inglesa habían sacudido esa fascinación durante mi ausencia, salvo Naren, que continuaba mirándome como si yo fuera uno de los productos más raros del siglo. Nos refugiamos en una casa que le pertenecía y estaba vacante por el momento.

Primero pareció que mi proposición no saldría jamás del foso de silencio donde se hallaba desde un comienzo; o que en todo caso exigiría muchas discusiones y maduraciones antes de ser izada de nuevo sobre el gran camino del sí o del no. Pero el espíritu humano ha sido creado, evidentemente, para burlarse de la lógica y jugarle malas pasadas.

Con la llegada de la primavera, la risa dichosa del Creador resonó en nuestro alojamiento prestado.

Damini nunca había tenido tiempo de advertir que yo era alguien, o bien la había cegado la luz deslumbradora que caía desde otra región del cielo. Ahora que el mundo se había estrechado en torno de ella, se reducía a mí; ya no podía hacer otra cosa que no fuera mirarme con ojos que veían. ¡Quizás fue por designio de un destino benevolente que me vio entonces por primera vez!

Yo había errado con Damini, en el grupo de Lilalanda, a través de montes y valles, a lo largo de los ríos y de las playas, abrasando el aire con cantos apasionados, al compás de los tambores y timbales. Y mientras hacíamos resonar toda clase de variaciones sobre el texto del poeta vaishnava: El nudo corredizo del amor ha ligado mi corazón a tus pies, la emoción se liberaba en violentas chispas. Pero la cortina que me ocultaba a los ojos de Damini no había sido consumida.

¿Qué sucedió en esa callejuela de Calcuta? Las sórdidas casas apretadas se abrieron como flores del paraíso. En verdad, Dios hizo un milagro por nosotros. Extrajo de esos ladrillos las cuerdas de arpa que vibraron con su melodía, ¡Me tocó con su varita mágica, y me volvió repentinamente maravilloso!

Con la cortina caída, la separación era infinita; abierta, la distancia se trasponía en un abrir y cerrar de ojos. Bastó un momento para nosotros.

—Yo estaba en un sueño —dijo Damini—. Necesitaba ese choque para despertar. Entre el tú que yo veía y este otro tú que veo había un velo de estupor. Saludo mil veces a mi Maestro, porque Él lo ha disipado:

—¡Damini—dije— no te quedes así, contemplándome! Antes, cuando habías descubierto que esta criatura de Dios no era hermosa, lo podía soportar, ¡Ahora sería terrible!

—He descubierto —replicó ella— que esta criatura de Dios tiene su hermosura.

—Tu nombre vivirá en la historia —exclamé—. Comparado con el tuyo, el alto hecho del explorador que planta su bandera en la cima del Polo Norte es un juego de niños. Difícil no es la palabra que corresponde a tu descubrimiento. ¡Has cumplido lo imposible!

Yo nunca me había dado cuenta de la brevedad de nuestro mes primaveral, Falgun. Sólo tiene treinta días, y cada uno de sus días ni un minuto más de veinticuatro horas. ¡Con el tiempo infinito que Dios posee a su disposición no me era posible comprender semejante parsimonia!

—¿Qué dirán en tu familia —preguntó Damini— de esta nueva locura que se te ha metido en la cabeza?

—Las gentes de mi familia son mis mejores amigas. Por eso es seguro que me arrojarán de la puerta de sus casas.

—¿Y después?

—Y después tú y yo tendremos que construir un hogar todo nuevo, desde los cimientos, que será nuestra creación propia.

—Entonces hay que modelar de nuevo, por completo, a la dueña de la casa. ¡Pueda ser ella también tu creación, a fin de que no quede nada de su descalabro primitivo!

Fijamos un día del mes siguiente para las nupcias. Damini quería que volviera Satish.

—¿Para qué?

—Me tiene que servir de padre. ¿Por dónde vagabundeaba aquella cabeza loca? No estaba seguro. Le había escrito varias cartas sin obtener respuesta. No debía de haberse ido de la vieja casa familiar, sin embargo; de lo contrario, me hubieran devuelto mis cartas. Todo parecía indicar que no había tenido tiempo de abrirlas y leerlas.

—Damini —dije— tienes que venir conmigo a invitarlo personalmente. No es cuestión de mandarle una invitación ceremoniosa. Podría ir solo, pero me falta valor. ¿Qué sabemos de él? Quizá esté del otro lado del río, observando cómo se alisan las plumas los patos. Seguirlo sería una empresa desesperada, de la que sólo tú eres capaz.

Damini sonrió.

—¿No he jurado no perseguirlo jamás?

—Has jurado que no volverías a llevarle nunca nada de comer. ¡Eso no tiene nada que ver con una invitación a comer!

VIII

Esta vez todo transcurrió sin obstáculos. Cada uno tomó a Satish de la mano y lo trajimos de vuelta a Calcuta. Estaba encantado como un chico que recibe dos muñecas nuevas.

Habíamos pensado casarnos sin ruido alguno. Pero Satish no quiso saber nada. Por otra parte, estaban los amigos musulmanes del tío Jagamohan. Cuando se enteraron les nadó un júbilo tan extravagante que los vecinos debieron creer que se trataba por lo menos del Emir de Kabul o del Nizam de Hayderabad. Pero el apogeo de la fiesta fue la orgía de calumnias que publicaron los periódicos. Teníamos el corazón demasiado lleno de dicha para albergar ningún resentimiento. Quedaban ellos en libertad de satisfacer la sed de sangre de sus lectores y llenar los bolsillos de sus propietarios... y de contar con nuestra bendición, además.

—Ven a vivir a mi casa, Visri, mi viejo amigo —dijo Satish.

—¡Ven con nosotros —contesté— reiniciemos juntos la tarea!

—No —dijo Satish— mi tarea está en otra parte.

—No te irás antes de haber estrenado la casa —insistió Damini.

No había ninguna farándula en esa ceremonia, porque Satish era el único invitado.

¡Pero se había engañado al ofrecernos ir a vivir en su casa! Harimohan se le había adelantado por medio de un locatario. Él hubiera podido entrar personalmente en posesión de la casa, si sus consejeros espirituales y temporales no le hubieran hecho cambiar de opinión; ¡allí había muerto de peste un musulmán! El locatario corría los mismos riesgos de cuerpo y alma, naturalmente, ¡pero para qué necesita saberlo!

Sería demasiado largo contar cómo arrancamos la casa de las garras de Harimohan. Nuestros principales aliados fueron los mercaderes de cuero. Desde que supieron cuál era el contenido del testamento del tío, descubrimos que todas las medidas legales eran superfluas.

La pensión que recibía hasta entonces de mi familia fue suspendida. Sólo nos causó más felicidad él emprender juntos la tarea de poner nuestra casa sin ayuda extraña. Como laureado del premio Premchand Roychand me fue fácil conseguir una cátedra. Aumenté mis ingresos anotando los manuales oficiales, que fueron buscados ávidamente como otros tantos elixires maravillosos para el éxito en los exámenes.

Hubiera podido hacer menos, porque nuestras necesidades no eran grandes. Pero Damini quería evitarle a Satish el trabajo de ganarse el pan, en tanto nosotros pudiéramos procurárselo. Y eso no era todo, además. Damini no decía una palabra, pero me tuve que ocupar secretamente del asunto: se trataba de la educación del hijo y del matrimonio de la hija de su hermano. Este carecía de recursos. Su casa nos estaba cerrada; pero la casta no prohíbe aceptar una ayuda pecuniaria, y por otra parte aceptar no quiere decir reconocer.

Por eso debí agregar el puesto de redactor de un diario a mis otras ocupaciones.

Sin consultar a Damini tomé un cocinero y dos criados. Sin consultarme, ella los despidió al día siguiente. Cuando la reconvine, me probó qué mal encaradas se hallaban mis atenciones.

—Si no puedo tomar mi parte de trabajo mientras tú trabajas como un esclavo, ¿dónde me ocultaré?

Así, mi trabajo afuera y el de Damini se unían como el curso del Ganges y el del Jumna en su confluencia. Damini daba lecciones de costura a las hijitas de los mercaderes de cuero. Estaba resuelta a no dejarse superar por mí.

No soy poeta para cantar cómo se convirtió nuestra casa de Calcuta en Brindaban[24] mismo, y nuestros trabajos en los acentos de la flauta que nos sumía en éxtasis. ¡Todo lo que puedo decir es que nuestras jornadas no se arrastraban, no transcurrían, sino que positivamente bailaban!

Llegó y partió otra primavera. Pero fue la última. Desde su regreso de la caverna Damini sufría un dolor en el pecho del cual nunca me había hablado. De pronto, el mal se agravó, y a mis preguntas ella contestó:

—Es mi riqueza secreta. Porque era mi dote pude venir hasta ti. Si no, no hubiera sido digna.

---

[24] El campo místico donde el Divino Padre Krishna guardó a las tropillas.

Cada médico tenía un nombre distinto para el mal. Y no se ponían de acuerdo respecto de las prescripciones. Cuando mi pequeña reserva de oro hubo desaparecido bajo el fuego cruzado de los honorarios y de las facturas de la farmacia, se clausuró el capítulo de los medicamentos. Entonces aconsejaron un cambio de aire. Por otra parte, era lo único que nos quedaba como valor de cambio.

—Llévame al lugar donde contraje el mal —dijo Damini— No falta aire.

Cuando el mes de Mahg hubo terminado con la luna llena, al comienzo de Falgun, mientras el mar suspiraba y sollozaba, gimiente en su eternidad solitaria, Damini tomó el polvo de mis pies y se despidió de mí, diciendo:

—¡Fue demasiado breve! ¡Ojalá puedas ser mío, en nuestro próximo nacimiento!

FIN

Comentario de Romain Rolland

De Tagore sólo se conoce en Francia el grave rostro del
Poeta-profeta, un rostro imponente rodeado de misterio, cuya
palabra calma, movimientos armoniosos y luminosos ojos
castaños sombreados por unas cejas hermosas, irradian una serena
majestad. Cuando se acerca uno a él por primera vez, se siente
involuntariamente como en la iglesia, y habla a media voz.
Después, si le es dado ver más de cerca ese perfil fino y orgulloso,
bajo la paz y la música de sus líneas percibe las tristezas
dominadas, una mirada sin ilusión y una inteligencia viril que
afronta firmemente las luchas de la vida, sin que el espíritu
consienta en dejarse turbar por ellas. Y entonces se recuerdan esos
poemas aéreos, tejidos con luces y sombras, en los cuales
relampaguean los resplandores de los Vedas a través de los velos
con los cuales se viste el Amor eterno, viajero místico, en su
tránsito de mundo a mundo en persecución del Amante divino. Y
también se recuerdan las profecías solemnes lanzadas a las
naciones de la tierra, que muestran la amenaza de Siva suspendida
sobre las civilizaciones triunfantes, que se desmoronan.

Esa voz de brahmán parece hecha siempre, como la de los
grandes antepasados, para celebrar el Sacrificio ritual sobre las
cimas; y no es posible imaginar que haya sido hecha también para

la conversación familiar. Cuando Europa piensa en los grandes Inspirados de la India sólo refiere su pensamiento a lo serio, y olvida la sonrisa que brilla sobre los labios de Buda, cuya benevolencia burlona se encuentra en las hermosas conversaciones del Majjhimanikayo.[25] Todos los sabios y dioses de Asia conocen la ironía, salvo los terribles señores del Antiguo Testamento, que no han reído nunca, según creo. Esa ironía se desliza aún bajo la corteza de los textos sagrados más antiguos. Somos nosotros, torpes de Europa, quienes hemos fijado sus rasgos con la uniformidad de una seriedad solemne. Sus leyendas santas ríen.

Se cuenta —lo cuenta el mismo Tagore[26] — que la cabra fue a llorar un día en el seno de Brahma, y le dijo: Señor, ¿por qué sirvo de alimento a todas tus criaturas? Y Brahma respondió: Y, ¿qué quieres que haga, hija mía? ¡Cuando te miro, yo también tengo ganas de comerte!

Si el mismo Brahma bromea con sus criaturas, debe pensarse que los dioses menores y los sabios no se privan de hacerlo. Sus fiestas religiosas desbordan a menudo una alegría franca y bulliciosa. Hay que leer en el Viaje a las Indias (A Passage to India), la brillante novela de E. M. Forster, la descripción de las fiestas que celebran el nacimiento de Krishna, y de los cantos, danzas y juegos infantiles a que se entregan para divertir al Niño-Dios en la cuna los nobles, altos funcionarios y profesores, descalzos, con una guirnalda al cuello y tocando los timbales, como lo hacen los discípulos del Swami en la novela de Tagore que sigue. Los dioses del Himalaya, como sus primos de Grecia, conocen la risa Olímpica. Y los sabios indios, a quienes Maya no

---

[25] Las conversaciones de Buda han sido publicadas por vez primera de modo total en Europa, junto con toda la colección del Pali-Kanon budista, en la admirable traducción alemana de Karl Eugen Neumann, editorial Piper, Munich.
[26] En una conferencia publicada por Ganesan, Madras: Greater India, 1921.

engaña de ningún modo, no gozan menos con sus propios juegos. A veces desconciertan a sus cándidos admiradores.

Mi amigo C. F. Andrews, para quien la India es una segunda patria desde hace veinte años, y que es uno de los amigos más íntimos de Tagore, me ha contado que el primer día que lo vio se creyó obligado a no desprenderse de un aire determinado, ni de ciertas palabras graves y estiradas conformes con las del Maestro. Pero antes del fin del día ya el Gurú le había hecho una farsa maliciosa, que aun hace reír a Andrews cuando la recuerda.

Los pensadores y poetas de la India nunca han carecido de humor, que es el contrapeso natural de la meditación. Y el espíritu de Tagore le debe en parte su equilibrio. El visionario a quien creéis sumergido en su contemplación observa sonriente la tragicomedia del mundo — (como ese otro visionario que se llama Cari Spitteler, el poeta épico más poderoso de nuestra Europa). Y para los dos nada se ha perdido de la pieza de los cien actos distintos...

Tagore ha nacido en una época trágica, en la cual se juegan los destinos de la humanidad, y particularmente el de su pueblo innumerable. Se ha impuesto la misión de iluminar y guiar a los hombres de su tiempo, que buscan un paso a través del río desbordado. Por esa razón, las obras de iluminación poética y profética ocupan el primer plano en su creación; y ha relegado a segundo lugar las obras de observación.

Europa se ha preocupado menos de las últimas, porque en tanto los poemas y los grandes ensayos tienen un carácter universal, el campo de observación de las novelas cortas es naturalmente indio. Pero, precisamente por eso, dichas obras deben atraer hoy día la atención de todos aquellos que, fascinados ya por la luz resplandeciente que ven alzarse allá —el sol de la India—, quieren conocer al pueblo del cual han salido esos genios vivos: Tagore, Aurobindo Ghose, Jagadis Chunder Bose, y un santo: el Mahatma.

De todas las novelas que ha escrito Tagore, la única traducida al francés: La Casa y el Mundo, es muy hermosa, pero quizás sea la menos característica de sus obras de observación, porque es la más lírica de todas, la más interior, y se parece a los poemas.

Pero hay una serie de grandes novelas cortas y novelas sociales en las cuales Tagore se ha impuesto pintar la sociedad india; y lo ha hecho con una independencia de espíritu que sin ninguna aspereza, pero sin atenuantes, ataca los prejuicios del tiempo y dibuja con maliciosa benevolencia los tipos de la alta y mediana burguesía de Bengala.

La cuestión femenina lo preocupa en más de una obra; y especialmente la situación de la viuda, tan miserable en la India, donde no puede volver a casarse, donde no tiene ya hogar, donde nada le pertenece, ni siquiera ella misma. En la novela que publicamos es uno de los motivos secundarios del relato. Es el tema principal de Los amigos.

Gora, su obra capital, la novela más vasta de Tagore, pone en escena los dos partidos entre los cuales se divide la sociedad hindú: los hindúes conservadores, nacionalistas cien por ciento, arcaicos y fanáticos; y los librepensadores del Brahmo-Samaj, que no son mucho menos intolerantes; los Homais y Burnisien de la India. Es un cuadro muy rico y sumamente audaz, que ha debido procurarle al autor enemigos de todos los partidos. Su ironía, suavemente diabólica, se da la voluptuosidad de descubrir finalmente que su héroe —jefe del nacionalismo político y religioso, integral— es de sangre meteca, irlandés recogido por caridad en el seno de una familia de buenos hindúes; de corazón sin prejuicios.

A la espera de que un editor francés tenga la buena idea de publicar esa obra considerable, que es una de las pinturas más vivientes de la India —sino de hoy, de la de hace diez o quince años (la evolución es prodigiosamente rápida, y nuestro amigo W. W. Pearson, que dejó la India en 1916 casi no la reconocía en 1919)—, presentamos ahora al público de Francia esta amable novela,[27] cuyo título bengalí es Gaturanga (Cuarteto, literalmente en cuatro partes).

Pienso que no se encontrará muy desarraigado. Si en nuestros caminos europeos no se encuentra ni al Szuami que baila, el Maestro de la Emoción; ni a Satish, que corre por todos los caminos a la búsqueda de Dios y concluye por volverle la espalda para encontrarlo mejor, productos hindúes ambos, reconocemos como nuestros a Jagamohan, el santo ateo, el librepenasdor hindú, y al narrador Srivilas, el hombre honrado, de razón afectuosa, siempre un poco sacrificado. En cuanto a la encantadora Damini, pertenece a todos los países.

Tagore descuella en la pintura de figuras femeninas; la de la otra novela, Amigos, es una pequeña obra maestra, de una finura apasionada. En su obra las mujeres nos parecen casi siempre más vivientes y verdaderas que los hombres, quizás porque permanecen más próximas a la naturaleza universal, menos deformadas por los prejuicios sociales de países y de épocas.

El conjunto de esta pequeña obra hace pensar a veces en la novela victoriana —en un Dickens aristocrático o, en sus mejores páginas, en el Thackeray de Henry Esmond— por su genio de bondad, la sonrisa que flota, y la ternura e ironía mezcladas, que son melancolía en el fondo. Pero lo que pertenece exclusivamente al poeta de Cisne es el estremecimiento ardiente de la naturaleza

---

[27] Una nota preliminar de la edición bengalí (1916, Iridian Press, Allahabad) explica: "El título de este volumen es: Quator. Sus cuatro partes son: El Tío, Satish, Damini y Srivilas."

que envuelve al relato. Y, bajo la palabra fluida del narrador, el canto sin palabras del alma que palpita bajo el velo, la música del silencio.

Romain Rolland

Noviembre de 1924

Acerca del Autor

Rabindranath Tagore (Calcuta, 7 de mayo de 1861 - ibíd., 7 de agosto de 1941) fue un poeta bengalí, poeta filósofo del movimiento Brahmo Samaj (posteriormente convertido al hinduismo), artista, dramaturgo, músico, novelista y autor de canciones que fue premiado con el Premio Nobel de Literatura en 1913, convirtiéndose así en el primer laureado no europeo en obtener este reconocimiento.

Tagore revolucionó la literatura bengalí con obras tales como El hogar y el mundo y Gitanjali. Extendió el amplio arte bengalí con multitud de poemas, historias cortas, cartas, ensayos y pinturas. Fue también un sabio y reformador cultural que modernizó el arte bengalí desafiando las severas críticas que hasta entonces lo vinculaban a unas formas clasicistas. Dos de sus canciones son ahora los himnos nacionales de Bangladés e India: el Amar Shonar Bangla y el Jana-Gana-Mana. El de la India ha sido armonizado por el maestro Francisco Casanovas.

Tagore, quien desde muy pronto estuvo en contacto con la sociedad y la cultura europeas, «se convirtió a todos los efectos en uno de los observadores más lúcidos y en uno de los críticos más severos de la europeización de la India».

Rabindranath Tagore

Estimado Lector:

Nos interesan mucho tus comentarios y opiniones sobre esta obra. Por favor ayúdanos comentando sobre este libro. Puedes hacerlo dejando una reseña en la tienda donde lo has adquirido.

Puedes también escribirnos por correo electrónico a la dirección: info@editorialimagen.com

Si deseas más libros como éste puedes visitar el sitio web de **Editorialimagen.com** para ver los nuevos títulos disponibles y aprovechar los descuentos y precios especiales que publicamos cada semana.

Allí mismo puedes contactarnos directamente si tienes dudas, preguntas o cualquier sugerencia. ¡Esperamos saber de ti!

Más Libros de Interés

El Hombre que Parafraseaba - Un encuentro de consecuencias eternas
La historia de un encuentro entre un niño azotado por la soledad y un anciano que en el amor ha obtenido las respuestas. El anciano está de paso, el niño se encuentra solo como casi siempre. Bastarán dos días para que juntos emprendan un viaje de ida y vuelta a lo más profundo del corazón de Dios.

Triunfos Inesperados – Un cambio de rumbo para Ana

Novela histórica juvenil de romance, sobre una dama de compañía de Amelia, de 16, que se enamora de un caballero inglés. ¿Qué secretos esconde el cuarto del fallecido hermano de Lord Hamilton? ¿Podrá el caballo de Ana superar sus miedos para lograr el objetivo de la carrera? ¿Quién está tramando algo por detrás para separar a la familia?

Cómo Adoptar Un Pensamiento Creativo - Generando nuevas y provechosas ideas

El pensamiento creativo es algo que usted puede estimular y entrenar. es posible para cualquier persona transformarse en un gran pensador creativo tanto habiendo nacido con este don natural o bien trabajando en ello.

Cómo Desarrollar una Personalidad Dinámica
Descubre cómo lograr un cambio positivo en ti mismo para asegurarte el éxito

Aprenda los secretos de las personas altamente efectivas en su negocio, cómo desarrollar una actitud positiva para tu vida familiar y tu profesión, cualquiera que esta sea. Cómo desarrollar la personalidad ideal para el éxito en los negocios.

Cómo Hablar en Público Sin Temor - Estrategias prácticas para crear un discurso efectivo

Hablar en público, en especial delante de multitudes, generalmente se percibe como la experiencia más estresante que se pueda imaginar. Estas estrategias de oratoria están diseñadas para ayudarte a transmitir cualquier idea y mensaje ya sea a una persona o a un grupo de gente.

Cómo ganar amigos e influenciar a las personas en el siglo 21 - Lecciones transformadoras que le permitirán conseguir relaciones duraderas y llevarse bien con personas en todos los ámbitos de la vida moderna.

Una poderosa enciclopedia de desarrollo personal que es verdaderamente esencial para los que están luchando para encontrar la verdadera felicidad en términos de relaciones.

El Arte De Resolver Problemas - Cómo prepararse mentalmente para lidiar con los obstáculos cotidianos

Usted es un solucionador de problemas y tal vez ni siquiera se ha dado cuenta. Debe prestar atención a sus capacidades para ser cada vez más y más efectivo. Descubra 5 aspectos para ayudarle al enfrentar problemas *4 habilidades que puede desarrollar *3 métodos más usados y más.

El Fabuloso Poder Del Pensamiento Positivo - Cómo manejar los momentos frustrantes y convertir las dificultades en un entorno productivo

Una persona que piensa positivo acabará teniendo una vida más efectiva que alguien que piensa negativamente y será capaz de permanecer optimista en cualquier situación que enfrente.

Cómo mejorar la memoria y la concentración - Técnicas para aumentar tus capacidades mentales y lograr que el cerebro funcione a su máximo rendimiento

La memoria es como un músculo: cuanto más se usa, mejor se pone, pero cuanto más se descuida, se vuelve peor. Descubre cómo recordar fácilmente nombres, caras, números, eventos y cualquier información usando técnicas sencillas.

CPSIA information can be obtained
at www.ICGtesting.com
Printed in the USA
BVHW040232301121
622859BV00026B/1675

9 781640 810631